我が師 石原慎太郎

牛島信
Ushijima Shin

幻冬舎

我が師 石原慎太郎

まえがき

二〇二二年六月九日、石原慎太郎さんのお別れの会が渋谷のセルリアンタワーの地下二階で行われた。私は翌年の一月二三日、同じ地下二階へ行って、正確に同じ場所に立っていた。私が会長をしている東京広島県人会の新春懇親パーティーがあり、七〇〇人の会員に挨拶すべくマイクの前に立っていたのである。

私は、お別れの会で石原さんの写真の置かれていた場所と同じ場所に立ち戻っている自分を意識していた。

ふっと、石原さんのお別れの会には骨壺があったろうかと思った。

遺言で「我が骨は必ず海に散らせ」（『私の海』幻冬舎、二〇一四年、一四三頁）と命じていたという。海への散骨は四月のことだったようだから、もう遺骨は地上のどこにもなくなっていたのかもしれない。

そもそも、遺骨にどんな意味があるのだろうか。

ああ、あの元気だったあの人が今は骨だけになって、それでもあのお墓の中に存在している、と考えることと、たとえば海に散骨してしまって、もはや地上のどこにも見当たらなくなってしまうのと、どう違うのだろうか。

もちろん、遺族にとってである。

私は、遺骨が海に消えてしまうのには耐えられない気がする。よすがを残しておきたい。第一、科学の発達によって遺骨からでも元気な時代の身体が再現できるようにならないともかぎらないではないか。

同じ場所に立っていた私は、開会の挨拶を述べた後椅子に戻り、改めて一年前の六月九日のことを思い返していた。

その思いは、当然、この本の中身に及ばずにはいない。

未だ完成していない。そう歯噛みした。

同じ日、二〇二三年一月二三日、私は田原総一朗さんと話をしていて談がたまたま石原さんに及んだ。田原さんが、石原さんとどこかの雑誌で対談した際に、真正面から意見が対立したという思い出を話してくれたのだ。

「日本の自立を巡ってだったよ。でも、石原さんは、対立したままで活字にしてもらって出そう、と言ったんだ。考えは違っても、素晴らしい人だったね」、そう田原さんは語った。


石原さんが日本のゲーテだったと理解されるには、少なくとも一〇〇年の年月が要るだろう。二〇〇年かもしれない。ノーベル賞なるものに文学的な意味も価値もない時代になる必要があるのかもしれない。

私は石原さんとこの本に書いたように会い、話した。

石原さんはもういない。

しかし、私の大脳の中で石原さんは生きている。私が死に、私の大脳が焼かれて灰になる日まで生きている。

私は、自分独りだけの広い書斎に座っていると、自分が石原さんになっているように感じることがある。石原さんが海の見える書斎で考え感じたように、私は川の見える書斎で、石原さんが考え感じたように考え感じることができる気がする。そして、石原さんと話したこと、一緒に過ごした時を繰り返し繰り返し想い出して、その時と同じように感じることができる。

どんな石原さんなのか。

では、私の目も当てられぬ石原さんとの私的思い出の手帖、あなたに見ていただくことにしよう。

目次

第一章
死

一

私は石原さんの期待を裏切ってしまった。

「あなたに芥川賞をとって欲しい。あなたならできるよ。なに、ほんの一五〇枚書けばいいんだ。雑誌社にも話してある」

石原さんにそう言われたのは、二〇〇二年、平成一四年のことだった。

その時、「君の文章は手練《てだ》れだな」とも言ってくださった。

石原さんは、私が産経新聞に連載していた掌編小説を読まれていたのだ。

連載開始が二〇〇二年、平成一四年の二月で、二年ほど続いたのだった。毎月一編の読み切り掌編だ。その後『逆転《リベンジ》』という表題で掌編集となり出版された。今でも幻冬舎文庫で読むことができる。各編に大木という名の弁護士が登場して舞台回しをする仕掛けだ。

「どれもこれも、それぞれが優に長編小説になる中身を持っているよ。あなたは凄いね」

石原さんはそう言ってくれた。

当時、石原さん自身が産経新聞に『日本よ』というコラムを月に一度連載されていた。思い出す。そうだった。石原さんのこの連載は、江藤淳が『月に一度』という題のコラムを産経新聞に連載していたのを、江藤さんが自死されてしまったことから、友人の石原さんが後を襲うようにして連載を開始されたものだった。

私の掌編の産経新聞への連載は、宝田茂樹記者の誘いに始まった。

宝田さんとは、もともと『株主総会』を出したとき、一九九七年、平成九年に書評欄で取り上げてくださったのがきっかけだったと思う。幻冬舎で『株主総会』を担当してくださった芝田暁さんのご紹介だった。

以来、とても気が合い、連載のお誘いまでいただいたのだ。それが石原さんの目に触れたということだったのだ。

それで私は、二〇〇三年の年賀状に「今年は大きな目標を抱えています。『一年待つ』といわれています」と勇んで記している。「一年待つ」と言ったのは、もちろん石原さんである。私が抱えた「目標」は、石原さんの期待を満たす小説を書くことだった。そんなに難しいことだとは少しも思っていなかった。

石原さんが、「en-taxi」という雑誌の第一号（扶桑社）、二〇〇三年春の対談で私について触れている。

《変な話だけど、牛島信という、不思議な推理小説家がいるんだよ。これは一番東京で流行ってる弁護士なの。だから事件のネタはふんだんに持っている。しかし幻冬舎の見城徹が彼に、痛烈に言うのは、あなたの小説の人物は、立ちあがってこないって。確かにその通りだなと》（七〇頁）

確かに、石原さんにも見城さんにもそう言われたことがある。

石原さんは、その雑誌の対談の席で、伊藤整について私と話したこと、あとは意識の襞の問題じゃないのと言った、とも語っている。

石原さんは七〇歳。私は五三歳。

石原さんを紹介してくれたのは見城徹さんだった。一九九八年一一月一九日のことだった。衆議院議員を辞められ、都知事になられるまでのほんの四年の間に起きたことだ。

第一章
死

その時、私は、石原さんが著書で引用していたアンドレ・ジッドの『地の糧』から、「君に情熱を教えよう。……私の心中で待ち望んでいたものをことごとくこの世で表現した上で、満足して——或いは全く絶望しきって死にたい」という一節を印字した揮毫《きごう》用の台紙を持っていって、そこに石原さんの署名をもらった。

石原さんは署名してくれながら、こんな文学青年みたいなことするなよ、と私をたしなめながらも、丁寧にナタナエルをナタニュエルと手書きで訂正までしてくれた。

今、手元の『石原愼太郎短編全集Ⅰ』（新潮社、一九七三年）の見返しには石原さんの署名がある。きっとあの時一緒に持っていったのだろう。二巻本で四〇〇〇円もするものを、よくも学生時代に買って持っていたものだ。私は早くから石原さんのファンだったのである。『処刑の部屋』に一番惹かれていた。

しかし、一年どころか何年も待たせたあげく、結局私は石原さんの望むものを書かなかった。

最後には、「もう芥川賞の選考委員を辞めるのでね」と、わざわざご挨拶に私の今の事務所に来てくださった。記録によれば二〇一二年に選考委員をお辞めになっているから、その少し前のことだったのだろう。

石原さんという方は、そういうなんとも律義な方だった。

私は、石原さんを二〇〇二年から二〇一二年まで一〇年もの間待たせ、結局、約束を果たさなかったことになる。なんということだろう。


「君の事務所、見せてくれよ」と初めて私の事務所にいらしたときのこと、食事をした近くの『シティ・クラブ・オブ・トーキョー』から歩いて数分の間、いっしょに横に並んで歩いていると道行く人々が振り返って見る。ことに横断歩道で立ち止まると信号待ちの人がみな石原さんを見上げていた。

事務所の部屋で、石原さんは、「三島さんは実に頭のいい人だったな」と私に向かってつぶやいた。しみじみとした調子、様子だった。その時、私は、「もう石原さんはどうやっても三島さんにかないませんよね」と言った。余計なことを口にした。

「なぜだ?」

石原さんはほんの少しむきになって質した。

「だって、三島由紀夫は四五歳で腹を切って死んじゃったでしょう。石原さんは六六歳まで生き延びてしまった。もうどうにもならないじゃないですか」

そう答えた私に、石原さんは、

「うるさい。死にたくなったら俺は頭から石油をかぶって死ぬよ」

と返した。

私は、石原さんの三島由紀夫に対する複雑な思いを想像していた。

かたや東大法学部を出て大蔵官僚になってみせ、あげくに作家になった男、石原さんは一橋大学に入って人気作家に躍り出たうえに政治家にもなって、そして辞めてしまった男。


石原さんの一橋について、私は不思議に思っていることがあった。

彼が、なぜ一橋に入学したのかについてだ。石原さん自身は、父親が亡くなったこと、弟、のちの〝石原裕次郎〟が家にある金目のものを持ち出しては換金して遊びに興じていたことをあげ、父親の知り合いから、新しく公認会計士という職業ができた、これは高い報酬がもらえる、と言われたからだと説明している。そのためには一橋だと。

しかし、彼が入学したのは法学部である。公認会計士になるのなら商学部に決まっているのではないか、と私は長い間疑問に思っていたのだ。本人に尋ねたことはない。

それが、つい最近、あっけなく解決した。

当時の一橋大学では、入試の成績で学部を振り分けていたのだというのだ。それならば、公認会計士になるはずの石原さんが法学部に入ったのも合点がいく。


石原さんと三島由紀夫のこととなれば、どうしても『三島由紀夫の日蝕』（石原慎太郎、新潮社、一九九一年）になる。一九五六年から一九九〇年にわたって書かれているこの本には、石原さんの三島由紀夫論が語り尽くされていて、それが実は、石原さんの自己分析論になってしまっているのだ。田中角栄について書いた『天才』（幻冬舎、二〇一六年）と同じである。小説家は自分について書くことしかできはしない。

もっとも印象的なのは二か所。

一つは、新潮社から出された三島由紀夫の写真集（『三島由紀夫』一九八三年）について。名声が確立された後の三島由紀夫の数々の写真について、《自意識がにじみだし、気負いがまざまざ露出して》《眺め終わるといかにもくたびれる、というよりいささかうんざりさせられる。》と述べた後で、《私が一番好きだったのは、四谷見附近辺で撮ったという、まだ官吏時代の、役所の仕事と家へ帰ってからの執筆との二重生活の疲れを漂わす二十代前半の写真で、それには名声を獲得する前の、人生に対する不安を秘めながらもある一途さを感じさせる孤独な青年が写し出されている。その写真には、不確定な青春のはかなさとそれ故の美しさがある。》（『三島由紀夫の日蝕』一七頁）と語っている部分だ。ちなみに、「四谷見附」とある部分は、写真集によれば「東京四谷」とある。このへんも、江藤淳が「無意識過剰」と形容した石原さんらしいところのような気がする。いや、石原さんのことだ、三島由紀夫本人からはそう聞いていたのかもしれない。

写真集についての石原さんの感想は、石原さんが三島由紀夫と最初に会ったときの逸話と対照的だ。

石原さんが、当時はまだ新橋の電通通りにあった文藝春秋社の屋上のテラスで三島由紀夫と並んで写真を撮ったときのことである。

三島は《トレンチコートとその下に着た背広の色に合わせた鶯色のキッドの手袋をしていた》のだが、石原さんが手すりが煤煙でひどく汚れているると注意したにもかかわらず、《手袋をした手でわざわざ手摺の汚れを拭き取るようにしながらますます身を乗り

出している。》(九頁)
　あげく、背広も手袋もひどく汚れてしまったのだが、三島由紀夫はかまわず、その後二人での写真のタイトルを「新旧横紙破り」でどうかと呵々大笑《かかたいしょう》したのだという。
《眺めていて、なんという人なのかなと思ったが、それにしてもこの人はなんだか、何に向かってか無理しているなあという気がしてならなかった。》(一〇頁)

　二つ目は、石原さんが三五歳で参議院選挙に出馬し、三〇〇万票を超える最高得票で当選したときのことだ。私はその時の石原さんを見ている。『身捨つるほどの祖国はありや』(幻冬舎、二〇二〇年、七九頁)に、
《私はいまだ「慎太郎刈り」というクルーカットに近い短髪に胸元の日の丸のほかには何も飾りのない、白いブレザーを身に着けた石原氏を見かけたことがある。選挙カーの上に、まぶしいほどに輝いている未来のシーザーがいた。JR日暮里の駅前だった。私はシーザーの『ガリア戦記』のことも思い合せていた。》
　と書いているとおりだ。
三島由紀夫が、その選挙に出るつもりでいたのに、石原さんに先を越されてしまって、

ひところ大変機嫌が悪かったという話がある。

佐藤栄作元総理の妻であった寛子さんからのまた聞きとして、三島由紀夫は、《亡くなる前お母さんに、つまらないつまらないこれなら死んだほうがましだってよくいっていたそうよ。どうしてそんなにつまらないのって質したら、ノーベル賞は川端さんにいっちゃうし、石原は政治家になっちゃうしって子供みたいに駄々こねてたそうですよ。》(『三島由紀夫の日蝕』一〇二頁)

石原さんの感想は、《簡単にいえば、どうやら私は三島氏が欲しがっていた玩具を奪ってしまったことになるようだ。》(同頁)ということになる。

玩具、と聞いて、石原さんのファンなら、すぐにピンとくる。『太陽の季節』である。《彼女は死ぬことによって、竜哉の一番好きだった、いくら叩いても壊れぬ玩具《おもちゃ》を永久に奪ったのだ。》(新潮文庫、一九五七年、八〇頁)という末尾近くの一節である。

どうしてどちらも「玩具」という言葉になるのか、不思議な気がする。三島由紀夫にとっての国会議員たる地位も、死んでしまった好きだった女性のことまでも。

石原さんは私の小説なども読んでくださって、

「牛島さん、あなたの小説は男と女のことが書けてない。いいですか、この世のことはすべて男と女なんですよ」

と諭されたものだった。

そう言われて私は、

「それはそうかもしれません。しかし、私には男女のことよりも、組織と個人のことが気にかかってならないのです」

と答えたことがあった。度し難い奴だと思われてしまったかもしれない。

二

石原さんが亡くなったと聞いたとき、私には地の底に引きこまれるほどの悲しみはなかった。いずれそういう時、石原さんが亡くなったと知る時が来るとわかっていたからである。

一七歳ちょうど年上、同じ誕生日の方だった。

しばらくお付き合いがあって、なくなって久しかった。その後はメディアを通じて一方的に情報を受け取るだけの日々が続き、いつかは石原さんの死を知る時が来るものと思っていた。

それにしても、石原さんはどうしてあれほどの人気者だったのだろうか？

初めての衆議院選挙に出たときのポスターの写真を覚えている。

選挙の写真とくれば、誰もがスーツにネクタイに決まっている。そこへ、ポロシャツ、ベージュっぽいクリーム色の姿の石原さんは、なんとも異彩を放っていた。当時、私は大田区に浪人寮時代以来の友人が住んでいたから、彼の家を訪ねたときに見る機会があったのだろう。一九七二年、石原さんが四〇歳のときのことである。

ポスターの写真に私は少し驚いた。石原さん、今度は衆議院議員の選挙、つまり総理大臣への第一歩なのだからそんな気構えで大丈夫なのですか、と疑問を感じたのだ。

そういえば、石原さんはネクタイの嫌いな方だった。都庁でお会いしたときにも、ワイシャツ姿にネクタイを締めてはいても、第一ボタンが外され首もとが緩められていた。

ワイシャツといえば、初めてお会いした一九九八年のとき、私なりにもっとも格好の良いと思っていたクレリックのワイシャツを着て行ったら、

「君、そのワイシャツはなんだ」

と来た。

私が、

「これ、一番いいと思ってるやつを着てきたんですが」

と答えると、

「そんなのはね、君、バンドマンとかそういう連中が着るものだよ」

とおっしゃった。

私が、素直に、

「では、どんなものを？」

尋ねると、穏やかな調子で、

「白さ」

「でも、白じゃつまんないじゃないですか」

「カフスのデザインを自分でやるんだよ。おしゃれっていうのは、そういうものさ」

と答えて、

「ほら」と、少し斜めに切れ込みの入った石原さんデザインのカフスを示してくれた。

自宅に戻るや、私は何着ものの誂《あつら》えもののクレリックを棚の奥にしまいこんでしまった。

今私は常にブルーのワイシャツしか身につけない。

依頼者であった、フランスで二番目の富豪のブルーのワイシャツ姿がとてもすっきりしていたのだ。石原さんならともかく、私では白のワイシャツでは埋没してしまうという思いからでもある。

選挙ポスターの続き。

もちろん私は間違っていた。衆議院選挙でも石原さんは圧倒的なトップ当選だった。石原さんは、なんといっても大変な人気者だったのだ。

でも、裕次郎に比べれば？

都知事出馬の際の記者会見で、冒頭「石原裕次郎の兄です」と自己紹介したことはよく知られている。

昔、『男の海』（集英社、一九七三年）という本の中に、三宅島にヨットで石原裕次郎らと一緒に出かけたときの逸話を自嘲気味に書いている。

《東京の新聞社へ原稿校正の電話をかけに前の家にいって土間の縁先で一人坐って待っていた僕を見、見物の中の一人の小母さんが、それでも小生が何たるかを存じていてくれて、

「ああ、こっちに慎太郎がいるのに、みんな裕次郎ばかり見て、誰も見てやらないよ。可哀想に、悪いよお」といっている。苦笑いでは申し訳ないくらいだ。三宅島民の温い

心に涙が出たよ、全く。》（二一二頁）

それにしても、三島由紀夫が石原さんにどれほど嫉妬したことか。三五歳で参議院選挙に出馬し当選したこと、その選挙に実は三島由紀夫も出たかったと思っていたことは、『三島由紀夫の日蝕』に触れてすでに書いた。

その引用のすぐ後に、石原さんは、三島由紀夫に言われたこととして、

《議席を持った後ある所で会ったら、

「もう君とは今までみたいなつき合いにはなるまいから、最後に一つだけ忠告をしておくけど、君が将来どこかへ遊説にいく。その帰り道に海岸を通る。波の彼方に夕日が沈んでいき夕焼けが素晴らしい。そこで君が秘書官に車を止めさせて、この夕焼けをしばし眺めていこう、というようじゃ君は本物の政治家にはなれないよ」

つき放すようにいった。

「どうしてですか」

「いやそうなんだ。君は絶対に政治小説を書いたり、芸術的な政治をしようなどと思っては駄目だ。そんなことをしたら破滅するよ」

「勿論わかっていますよ。僕は決して政治そのものを主題にした小説は書かないだろうし、芸術的な政治なんてあり得ないとも思ってます。でもね、僕は公務の帰り道にでも車を止めて美しい夕焼けを眺めますよ。その感性が政治に不要なものとは絶対に思わないな」

私がいうと、

「ま、いいだろう」

と氏はいっただけだったが。》（一〇三〜一〇四頁）

そういえば、最近購入した『三島由紀夫　石原慎太郎　全対話』（中公文庫、二〇二〇年）という文庫本のカバーに、先に書いた三島由紀夫と石原さんの対談後の屋上での写真が大きく使われている。確かに三島由紀夫はくだんの手袋をはめていて、ご丁寧にも腰を屈めて石原さんとの身長差をわからなくしている。一六三センチと一八一センチなのだ、無理もない。男は身長が気になるのだ。

半世紀以前。眼下の道路を走っているバスはボンネット型、鼻の突き出た形のものだ。なによりも、車の数の少ないこと！

石原さんと三島由紀夫の対談後に撮影された写真
撮影：樋口進／文藝春秋（1956年）

石原さんは、亡くなる直前に《「最後まで足掻いて、オレは思いっきり女々しく死んでいくんだ」》（石原延啓『父は最期まで「我」を貫いた』、月刊「文藝春秋」二〇二二年四月号、一〇一頁）とご子息に述べたという。

私はその部分を読んで、ああ石原さんは三島由紀夫の死に方のことをずっと気にしていたのだと感じた。前に書いたとおり、三島由紀夫の死と比べて石原さんのことを言った私に、彼は死にたくなったら石油を頭からかぶって死ぬさと答えた。今思えば、自分が死ぬなどとは思っていなかったのだろう。未だ六六歳だった。当然のことだ。

彼は、自分が死ぬなどと考えておらず、ましてや石油をかぶるなどとは思いもせず、その場限りのこととして言ってみただけということだったのだろう。少なくとも三島由紀夫の死に方に自分が後れを取ってしまったとは認めないぞ、ということだったに違いない。

だが、三島由紀夫のことは気にかかってならなかった。

それにしても、死の直前とはいえ、「思いっきり女々しく」は石原さんに似合わないと受け止めた向きが多いのではないか。女々しさとはもっとも遠い人だと誰もが信じていた人だからである。

しかし、実は女々しかったのかもしれない、と私は反芻《はんすう》してみた。

第一は、高校時代に一年留年していることである。後には、気に入らないことがあったので絵を描いたりしていた、と説明したりしている。

私はそれを信じない。『灰色の教室』の一節を思うからである。

誤解している方もあるかもしれないが、『太陽の季節』は石原さんの処女作ではない。『太陽の季節』は一九五五年、昭和三〇年の「文學界」七月号に掲載されている。『灰色の教室』は、その前、昭和二九年一二月号の「一橋文芸」で活字になっている。当時の流行作家で一橋大学の先輩だった伊藤整に資金援助を頼んだという。

石原さんは、それほどの文学青年であったのである。

『灰色の教室』に宮下嘉津彦という名の高校生が登場する。自殺の常習癖のある少年である。

その少年が、最後の自殺を図って、生き返る。そして、もう死ぬのは止めたと友人に宣言する。わけを訊かれて、

《(睡眠薬を飲んで)以前と同じように引きこまれるように睡くなった時、彼は何故か

ふと自分がインクポットの蓋《ふた》をするのを忘れたのではないかと思った。それを思い出そうとした時、生れて初めて何か突き上げるような訳のわからぬ恐怖におそわれたのだ。「本当に怖《おそ》ろしかったよ。死ぬことがあんなに寂しい怖いものだって言うことが始めてわかったんだ。……」》（『太陽の季節』所収、『灰色の教室』新潮文庫、一二九頁）

と答えるのだ。

この場面、初めて読んだときから私にはとても印象に残った。インクポットなど、今の人にはわかるまいが、万年筆よりも以前の時代、人々はインク瓶にペン先をつけては少し書き、またペン先を浸すという繰り返しで手紙や原稿を書いていたのだ。

この一節は自分自身の体験なのだ、と私は直感した。今も感じる。つまり、石原さんの休学の一年の理由はそうしたことだったのかと思うのである。間違っているかもしれない。もう誰もわからないだろうし、石原さんの遺した小説は文学史の一部なのだから、こうした思いつきも許されるだろう。もちろん、当の本人に尋ねたことはない。

さらに想像を膨らませるには、『太陽の季節』が話題になるまで、石原さんは地味な生活をしていたと自ら言っていることが参考になる。高級サラリーマンを製造する大学で文学なぞに耽《ふけ》っている変わり者、だったのではないか、と。サッカーをやっていたと彼は自慢する。柔道では投げ技を食ってジェット機のように空を飛ぶから「ジェットの慎ちゃん」と言われていたともいう。

中学時代に生前の父親にディンギーのヨットを買ってもらった石原さんだ。太陽の季節を生きていたことは間違いないだろう。しかし、それは『太陽の季節』の中身とはまったく違ったものだった。あれは弟とその友人たちのことに過ぎない。

ではなぜ石原さんは『灰色の教室』を書いたのだろう？

伊藤整によれば、雑誌を印刷所から引き取る金がないので無心に来たということである。

《もらい方がとてもよかったことが印象に残っている。押しつけがましくもなく、しつこく説明するのでもなく、冗談のようでもなく、素直さと大胆さが一緒になっている、特殊の印象だった。すぐ私は出してやる気になった。そのあとで私は、妙な学生だな、あれは何をやっても成功する人間かも知れない、と考えた》（『伊藤整全集24』所収、『石原慎太郎君のこと』新潮社、一九七四年、一四一頁）

伊藤整が石原さんに感じたとして書いていることである。

『灰色の教室』が「一橋文芸」に掲載されたのは、大学三年生の一二月のことである。

そして、編集者に勧められて半年後に「文學界」という雑誌に『太陽の季節』を書き、文學界新人賞を得た。それが直後の芥川賞受賞につながった。「文學界」は文藝春秋社の出している雑誌である。もう文藝春秋社の期待の路線が敷かれていたのかもしれない。伊藤整の影を感じるのは、私の考え過ぎなのだろうか。

第二に、上記の『全対話』の中で、三島由紀夫と小説家が「女々しい」ということを前提にして滑らかに話していることだ。三島由紀夫は《小説家で雄々しかったらウソですよ。小説家というのは一番女々しいんだ。生き延びて、生き延びて、どんな恥をさらしても生き延びるのが小説家ですね。》と言い、さらに、《文学は毎日毎日おれに取りついて女々しさは要求しているわけだ。》と石原さんに話す（一二七～一二八頁）。

結局、石原さんは、なによりも小説家だった人なのだ。政治の世界で会った人にはさして強い興味を抱かなかったと石原さんが晩年に述べているのを読んで、意外にも感じ、なるほどな、とも私は納得したものだ。いや、そのとおりに違いないと確認する思いだった。

ここまで書いてきて、私は石原さんが私に期待したものが何だったのか、やっとわかったような気がした。石原さんは、私に私なりの『太陽の季節』を書くことを望んでいたのではあるまいか。だから、著名な編集者を紹介までしてくれ、小説の書き方も教えてくれた。

伊藤整の『変容』を読んだことがあるか、と電話をくれたことがあった。あれは、未だ私が約束を果たしていないまま、見捨てられる前のことだった。

「私の愛読書の一つですよ」

と答えた私に、石原さんは、

「あれ、おかしいよね。読みながら吹き出してしまうよ」

と感想を述べた。

私のために伊藤整の役を務めている石原さんがいたのかなと、勝手に想像してしまう。石原さんは、決して私と政治の話をしようとはしなかった。

「ダメですよ、あの人は書かないから、って石原さんに言っておいたよ」

そう、見城徹さんに言われたことがある。そのとおりだった。

私は、小説を書く人間は自分自身も含めて本質的に「女々しい」と思っている。谷崎潤一郎のようであればわかりやすい。石原さんも女々しかったのだろうと思う。

しかし、石原さんは女々しさだけではない人になってしまった。あっという間に人気者になり、そのうえ政治家になってしまった。どちらも、彼が自ら選んだことだ。

その人が、政治の世界では大した人に会っていない、と回顧し、人生の最後に「女々しく死んでやる」と言い放った。

前述した『石原愼太郎短編全集』を買ったのが、一九七四年の七月一日のことだとわかった。

同じ芳林堂という池袋西口にあった書店で江藤淳の『夜の紅茶』を買ったのが一九七二年四月一七日だった。こちらは七六〇円だった。

それにしても、石原さんの短編集に一学生の身で四〇〇〇円も投じたのかと、いささかの感慨がある。二巻本で、青い色の箱に黄色の小さな短い帯が糊づけしてあって、なんとも素敵な外装の箱入りの本ではあった。一〇センチ近い厚みがある。なんども迷ったあげくだった。今の私にとってなら超高級オーダーメイドのスーツの値段だろう。いや、余裕が違う。もっともっと大決心だったはずだ。もちろん、すぐに読み終えた。ひょっとしたら、『灰色の教室』はその本で初めて読んだのかもしれない。

三

石原さんが田中角栄について書いた『天才』は大ベストセラーとなった。

石原さんと田中角栄について話したことはあった。しかし、石原さんから田中角栄について否定的な話を聞いた記憶はない。たとえば、石原さんがゴルフ場でコースから上がってきたときのことだったか、通りかかった田中角栄が石原さんに話しかけてきたと聞いた。一度ゆっくり話をしたいと田中角栄が言ったというようなことだった。今となっては実は私ははっきりと覚えていない。少なくとも、嫌な思い出ではなく、良い思い出として私に話してくれたことだけは確かだ。

ここで、石原さんという方は、『君国売り給うことなかれ』（月刊「文藝春秋」、一九七四年九月号）という一編をものして、一連の田中角栄の金権批判を最初に始めた方だという事実を、もう一度確認しておきたい気がする。立花隆氏や児玉隆也氏らの批判よりも前に、石原さんが田中角栄に向けて矢を放ったことは、どういうわけかあまり注目されていないからだ。

もう一度という理由は、以前、「田中角栄×石原慎太郎に見る時代の刻印」と題して一文をものしたことがあったからである（『身捨つるほどの祖国はありや』二二八〜二三二頁）。

結局、石原さんは田中角栄が好きだったのだろうと改めて思う。いや、それ以上だったのではないか。私が石原さんと話したのは一九九八年よりも後のことだから、田中角栄が死んで五年以上は経っていた計算になる。

角栄論をしたわけではない。何人かの政治家について石原さんが問わず語りに話し始め、その一人として出てきた気がする。もう一人、総理大臣だった故人について引用するのがはばかられる表現で容貌を揶揄し、「だって、ね、そうだろう？」と同意を求められて困った記憶はある。

石原さんは、二人で話しているときにはその場にいない人について話すことに、遠慮がなかった。

別の著名な、これも故人の作家について、「もう書くタネが尽きているんだ。俺に向かって、石原さん、政治家やっているんだからいろいろな経験をしているんだろう。分けてくれよって頼むんだ。まったく哀れなもんだよ」と評していたこともあった。

死の直前まで執筆をしていた作家にとって、ネタ切れの作家など想像もつかなかったのだろう。

『天才』の帯文には、「反田中の急先鋒だった石原が、今なぜ『田中角栄』に惹かれるのか。」とある。まことにそのとおりである。

『天才』を一読、私は、「ああ、石原さんは自分のことを書いているな」と感じた。

《この今はしきりに彼等に会いたいと思う。思うがとても出来はしない。いま俺の周りには正規の家族以外に誰もいはしない。昔の子分たちも秘書もいはしない。誰もいない。この俺以外には誰もだ。》（一九四頁）

という一節である。

彼等とは、田中角栄が「二号」との間にもうけた男の子二人と当の「二号」を指す。もちろん脳梗塞で倒れた後の話である。

私は、大ベストセラーになったこの本のその部分を読みながら、石原さんが自分自身について語っている気がしてならなかった。胸を突かれる思いがした、と言ってもいい。石原さんにも婚姻外の子どもがいると知っていたからである。しかもその名は裕太というではないか。裕次郎と慎太郎を合わせた名前である。

石原さんは子どもを認知し養育費を送り続けていたという。それはそうだろう。婚姻外であればあるほど、その子どもはいとしい、かわいい。肉親の情である。そのうえ、同じあの石原慎太郎の子どもでありながら、選挙に出ることもなく、テレビに出ることもなく、芸術家として取り上げられることもなかったその男の子が、実の父親として不憫でならなかったろう。それだけに、いっそうかわいいと思わないではいられなかったはずである。

しかし、天下の石原慎太郎はそれをあからさまに言うことはできない。

《しきりに彼等に会いたいと思う。思うがとても出来はしない。》と、田中角栄の名を借りて、石原慎太郎の心のうちを表現するしかない。小説家の特権である。

石原さんが五三歳のときの子どもだという。

そういえば、石原さんが政治の世界では印象的な出会いはなかったと言っているのも、この本の中だったと、今回改めて読み返して、思い出した。《自ら選んで参加し、長い年月を費やした政治の世界での他者との印象的な出会いはさして思いあたりはしない。》(二一六頁)と書いていたのだ。《人間の人生を形づくるものは何といっても他者との出会いに他ならないと思う。》(二一五頁)とまで人生について述べている、その直後の部分での表白である。そうなのか、そうだったのか、と私は石原さんらしいと思った。

石原さんが『火の島』(文藝春秋、二〇〇八年)を書いている途中、見城さんに頼まれて会社という社会制度の仕組みについて石原さんに何回か説明したことがある。この世には男と女しかいないんだよ、と教えてくれた方への、法人制度の説明である。

まさか、『火の島』の中で《所詮この世の中は裏も表も法律で動くんだと悟らされた。》(四六〇頁)と主人公が最愛の女性に話す場面が用意されているのだとは思いもしなかった。

なんど説明しても、石原さんは会社について、自然人つまり個人とは別の社会的人格である法人制度、殊にその親子関係、経営と所有などについていま一つ解しかねている様子だった。これほどの頭の切れ味の持ち主が、と不思議な気がした。しまいに私は、「ゲラを見せてくださいよ。そこに手を入れてお返ししますから、それを石原さんの文章にされたらいい」と、大変失礼な、乱暴なことまで言った。

その折のやりとりでだったか、石原さんの人柄を示すとっておきの素晴らしい話がある。

私が石原さんのご自宅に電話をかけたときのことである。

「この電話、リビングでとったから、いまから書斎に移動します。あなたとはゆっくりと話したいので」

と言われてから、

「書斎に行くのに少し時間がかかるので、こちらからかけ直します」とおっしゃった。ごく自然な口調だった。

私が「このままお待ちしますよ」と言っても、「いや、少し時間がかかるから、こちらからかけます」と繰り返して言われる。

石原慎太郎という方は、そういう、とても礼儀正しい、丁寧で、几帳面な、優しい、情理をわきまえられた方だった。

石原邸が、《とても広い家で》《父の書斎、アトリエ、書庫、サロンなど、ほとんどは父だけの為の空間が占めてい》たということは、最近、ご子息の石原延啓氏の『父は最期まで「我」を貫いた』（月刊「文藝春秋」、二〇二二年四月号、一〇三～一〇四頁）という文章を拝読して、初めて知ったことである。

そういえば、石原さんは私の事務所に電話をかけてこられるときも、必ず自分でかけてこられる。さほどの社会的地位にない知り合いでも、なかには秘書に先ず電話させて私を電話口に呼び出したうえで、秘書に本人と代わります、と言わせる人間もいる。

しかし、天下の石原慎太郎はそうではなかった。

「石原です」と、いつもの柔らかく包みこむような声が受話器から響く。少しも偉ぶったところなどない。年下の友人に話している感覚である。

事務所の秘書のなかには、「大変です！　大統領から電話です」と大声を出す者もいたから、固定電話に自分で電話してこられたのだろう。私の秘書がとって、それから私に回したのだ。

最近、平川祐弘先生の書かれた『昭和の大戦とあの東京裁判』（河出書房新社、二〇二二年）を読んでいて、石原さんについて、はたと思い当たることがあった。

《私の少年時代は、日本人が劣等感を抱かずに胸を張っていた時代である。毎夏、房総半島へ避暑に行くと、帝国海軍の軍艦が何隻も沖に見えた。日本は世界の三大海軍国の一つであった。誇り高い少年として育ったことが、私の人格形成と関係しているように思えてならない。》（一四三頁）

平川氏は一九三一年の生まれ、そして石原さんは一九三二年の生まれである。

なるほど、と私は悟るところがあったのだ。

石原さんは、敗戦のすぐ後、相模湾を一望できる丘に登って、アメリカ軍の艦船が海を埋め尽くしてしまうほどにたくさんの湾に浮いているのを見たと書いている。中学一年生のときのことであろう。日本について誇りを持った少年であったのだ。

そうでなければ、東京裁判を見に行って下駄ばきで階段を歩いていたのを咎《とが》められたことを書き留めはしない。逗子の街中で、通りすがりのアメリカ兵にアイスキャンディーで顔をはたかれたことに触れたりもしない。

すでに、その年齢で、石原さんのアイデンティティの一部としての、誇り高い祖国としての日本が確立していたのである。

私は、このことに気づいてから、たった三年遅れで生まれた大江健三郎氏について、そういうことだったのかとつくづく考えた。それは、先年私が出した『身捨つるほどの祖国はありや』の元となった歌をつくった、同じ一九三五年生まれの寺山修司についてもあてはまる。

つまり、一〇歳は自分と祖国の関係についてアイデンティティが確立するには幼なすぎたのだ。だから、大江氏は日本について石原さんのような誇りを持つことがなかった。『遅れてきた青年』と考えざるを得なかったのである。

寺山修司は？

身捨つるほどの祖国はないと、たぶん、みなし子のように感じたのではないか。

一〇歳と一二歳。

自分のことを思い返してみる。

私は一〇歳まで東京にいた。豊島区の大成小学校というところに通っていた。小学校五年生になるときに広島に転居した。父親の転勤があったからである。一家六人の、国鉄の貨車を使っての引っ越しだった。引っ越し前に家に何人もの男が入ってきて、鋸と金づちと釘を使って木の枠を作り、テーラ・メイドの箱に組み上げて、そこに簞笥《たんす》や冷蔵庫を収めるのだ。それが近くの西武池袋線の東長崎駅に運ばれ真っ黒なワムと呼ばれた型式の貨車に載せられる。コンテナのなかった時代である。

私が受験を意識し始めたのは、広島に移ってからのことだった。東京では友だちとの野球に興じていた子どもが、引っ越しを境に塾に通い始める。目的は一つ。東大に合格する生徒の数の多い中高一貫の学校に入ることである。

祖国は?

私について、中学一年生、一二歳から三三歳までの歴史意識を調べ、博士論文に仕上げた方がいる。藤井千之助という名の、私の中学高校での社会科と歴史の先生である。後に広島大学の教授になられた。その先生が出された『歴史意識の理論的・実証的研究』(風間書房、一九八五年)という本に、私とわかる少年が青年になる過程でどんな考えを抱き、変化していったのかが記録されているのだ。

驚くべき偶然ではある。私は藤井千之助先生がそんな大それた野心的な計画のもとに調査をしているのだとは思いもしなかったのである。

中学高校を通じて、私は《社会科の学習成績が特に優秀であった》（二三九頁）そうだが、国家については中学一年生のときから否定的だった。おそらく家では朝日新聞を読み、非武装中立論者であった父親と話すことが多かったからだろう。

つまり、少年だった私は祖国について誇りをこめたアイデンティティを持つことはなかったのである。一九四九年に生まれた少年は、一九三二年に生まれた少年と異なり、一九三五年に生まれた少年たちと同じく否定的な国家観を抱くようになっていたのだろう。たぶん、団塊の世代の多くに共通していると感じている。

ちなみに、高校時代の私には加藤周一の『羊の歌』が、《直接ではなく、間接的にであると思われるが、重要な影響を与えていると思う。》（三〇六頁）と記してもいる。大江健三郎についても肯定的な評価をしている。

私は、後年、社会に出て仕事をするようになって、自力で加藤周一的世界を克服したのだ。

石原さんが書いていたことで、国家との関係で強く印象に残っていることがある。

沖縄の老人と話したことについて、石原さんが書いていることだ。その老人の子どもは、青年のとき、アメリカ兵に射殺されて死んだ。アメリカ兵に暴行されそうになった女性との間に入り、そのアメリカ兵に銃で胸板を撃ち抜かれて殺されたのだという。

父親は、しかし、石原さんに対して、あの子は男が当然すべきことをして死んだのだ、私はあの子を誇りに思っている、と述べたという。石原さんは必ずしも釈然とはしないが、父親のその気持ちの真っ当さを正面から受け止めている。男はそのように生き、死ぬべきものなのだ、と。

四

それにしても石原さんという方は、どうしてあれほどの人気者だったのだろうか？

先日、三島由紀夫が死んで五〇年になるというのでテレビが特別番組をやっていた。その番組の中で、三島由紀夫の紹介の一環として、ミスター・ダンディなる番付の週刊誌（「平凡パンチ」、一九六七年五月八日号とあった）の記事が画面に出てきた。もちろん、一位が三島由紀夫だから番付表が出たのだ。しかし、私の目は、同じ画面の四位に石原慎太郎氏が存在していたことに引きつけられた。二位が三船敏郎とあるように、ほとんどが芸能人ばかりのこの番付で、この二人の小説家は上位を占めていたのである。時代、ということであろうか。そういえば、番付もいまではランキングと呼ぶ。ついでに記しておくと、石原裕次郎は六位に過ぎなかった。

一九六七年は、石原さん三四歳、三島由紀夫四二歳のときのことである。その番組を観ながら、私は同じころ、昔に観た別のテレビの番組のことを思い出していた。

「男らしい男」は誰か、というテーマで、やはり三島由紀夫が一番だった記憶がある。しかし、当時の私は、テレビが三島由紀夫を一番男らしい男に選んだことにとても不満だった。

私は、大江健三郎氏こそ一番男らしい男ではないか、と思っていたからである。思えば、確かにはるか昔の話ではある。

大江氏は、小説『セヴンティーン』のせいで右翼につけ狙われ怯えていた。私はその話を聞いて、とても人間らしく、したがって真の意味で男らしい人だと評価していたのだ。外見だけが男としてそれらしいかどうかなどというのは軽薄きわまりないことであって、大事なのは身に危険が及ぶかもしれないことであっても表現をためらわない人生の態度であり、それでいながらいざ怯えるべき状況になってしまったら身も世もなく怖がる。それこそが、今の、つまりその時代の、男らしさではないかと感じていたのであろう。私は私なりに、鬱屈していたのである。

出版当時話題になった、また私にとって初めての大江氏との触れあいであった『個人的な体験』（新潮社、一九六四年）の、最後の場面での主人公の変化が、世の中では悪評だった。しかし世評と違って私にはとても好ましく思えたことが関っていたのだろうと思う。私は中学の図書室で、出たばかりのその本を手にしたのだ。妻の出産のまさにその時に、自分の現在の人生から逃げようと、大学時代の恋人だった女性とのアフリカ旅行に新しい人生の可能性を賭けようと願っていた主人公は、最後にアフリカ旅行を取りやめにし、《現実生活を生きるということは、結局、正統的に生きるべく強制されることのようです。》（二四九頁）と、恩師でもあり義父でもある年上の男性に述懐する。それが、映画会社の重役にシナリオの変更を命じられて唯々諾々《いいだくだく》としたがったようだ、と不評だったのだ。三島由紀夫がその評の先頭にいた記憶がある。

ところで、「男らしい男」という番組で石原さんは？

たぶん、そのテレビ番組でも何人かの「男らしい男」の一人として紹介されたに決まっているが、まったく覚えていない。未だ政治家になる前の石原さんだったような気がする。私といえば、自分の『太陽の季節』は、大学受験に成功した後にしか来ないと決めこんでいた。だから、高校時代、友人が石原さんの『若い獣』（新潮社、一九五七年）という小説を教えてくれても大きな関心をもたなかった。私は東大受験に押しつぶされそうだったのだ。

それでも、私は、「文藝」（一九六六年一月号）に出ていた石原さんの『水際の塑像』を熱心に読んだ。一六歳のときのことになる。とくに冒頭の父親に連れられての海岸、という部分が気になった。

《その頃私には、毎日曜日の朝、父と一緒に早起きし散歩する習慣があった。……弟も一緒だった。》（『石原愼太郎短編全集Ⅱ』所収、『水際の塑像』新潮社、一九七三年、二八七頁）とある。

その情景は、処女作『灰色の教室』のなかに出てくる主人公石井義久の回想、《鐘の響きで送られて去った時間は再びその音と共にゆっくり戻って来るような気がする。

義久はうつくしい鐘の音に過した彼の幼稚園生活をふと思い出した。》（『太陽の季節』所収、『灰色の教室』、新潮文庫、九一頁）とある場面と、私の心の中で共振する。父親に手をとられて通った幼稚園の思い出。

『水際の塑像』は、船会社の小樽支店長をしていた父親に連れられて、一人の青年船員が沈没しかけた我が船を救うべく、ロープを体に縛って《真っ暗な、大嵐の海に一人で飛び込んでいった》《多分、自分でも助からないかも知れないと思っていたのだろうけれど、そうした》(『石原愼太郎短編全集Ⅱ』所収、『水際の塑像』、二九一頁)という場面に遭遇する話に飛躍する。

一等運転士《チヨツサー》と呼ばれていたその青年の、《全き静けさに形造られた塑像》(二九〇頁)が水際の塑像なのである。石原少年にとっては、自宅にも遊びにきて愉しませてくれる馴染みの船乗りだった。

どうして助からないかもしれないのに、誰のために海に、と問いかける息子に、石原さんの父親は、

《「みんなのためにさ。そして、自分のためにもだ」》(二九一頁)

と答える。

「自分の」と問い返す息子に、さらに重ねて、

《「そうだよ、自分のためにもだ。どうせなら、黙って死ぬことはない。死ぬことだけなら、そんなにたいしたことはない。人間は誰でもいつかは死ぬのだからな」》(同頁)

と、《自分へ説くように》言う。

石原さんの父親は、三十代の終わりか四〇になりたてのころ、初めての脳溢血の発作で倒れた。その後もなんどかの発作を繰り返し、自宅での絶食、家族が日常どおりに毎度々々の食事を繰り返すその目の前で、二週間の断食をするのだ。一度だけではない。そうしたたくさんの壮絶な療法を試す。しかし、遂に一〇年ほど後、仕事中に会議室で倒れ、そのまま身まかる。石原さんは高校生だった。死に目には会っていない。

死の瞬間に間に合わなかった父親の死に顔に、石原さんは海で死んだ一等運転士の凍てついた死に顔を重ねる。みんなのため、自分のために、真っ暗な大嵐の海に一人で飛び込んだ青年の塑像のような父親の顔。「死ぬことだけなら、そんなにたいしたことはない。人間は、誰でもいつかは死ぬのだから」と幼い石原少年に語り聞かせた父親。

私が『水際の塑像』を初めて読んだのは一六歳のときである。何回か読んでいる。今回読み直してみて、滂沱《ぼうだ》の涙を禁じ得なかった。そうか、そういう父親像が石原さんの中にあったのか、と。

高校生のときに父親を亡くした石原さんにとって、あるいはこの人が父親代わりだったのではないかと私が想像している方がいる。賀屋興宣《かやおきのり》である。アメリカとの戦争を始めた東條英機内閣の大蔵大臣を務めた方で、戦前から大蔵省の大ボスである。

どれほど大ボスだったかというと、身は巣鴨プリズンにありながら自室に引かせた電話で古巣の大蔵省の部下や外の議員らをリモート・コントロールし、たとえば、遺族扶助料を支払わせたほどの力を有していた。もちろん、大蔵省にいた元部下たちや国会議員らが賀屋興宣を深く尊敬していればこそ可能だったことである。

石原さんとの年齢差四三歳。賀屋興宣は東京裁判の結果、終身刑の判決となって一九五五年、昭和三〇年まで獄中にあった。それが昭和三三年の選挙で衆議院議員となった。石原さんが初めて選挙に出馬し、三〇〇万以上の票をとって参議院議員となったのは一九六八年、昭和四三年だから、賀屋興宣は七九歳の衆議院議員として四回の当選を重ねている身だったことになる。

その賀屋興宣なる人物、意外なことに、私の尊敬する平川祐弘先生の『昭和の大戦とあの東京裁判』(河出書房新社、二〇二二年)に登場する。なに、実のところ意外でもなんでもない。賀屋興宣は、平川先生にそう書かせるほどの重みをアメリカとの戦争の直前の日本で持っていたのである。平川先生は、

《石原慎太郎は議員となって賀屋興宣(一八八九‐一九七七)代議士の人間的迫力に感

銘した由である。》（三〇八頁）と書いている。

平川先生は賀屋興宣の著書として『戦前・戦後八十年』（経済往来社、一九七六年）を紹介する。

《一九七二年に書かれたが、古本の値が突出して高い。A級戦争犯罪人とされた政治家の中でこの人の自伝は読むに値する、と思う人がいる証拠だろう。》（同頁）とある。

平川先生の紹介を見るや、私は早速その「突出して高い」本を買い求めた。一万一〇〇〇円だった。

賀屋興宣については、石原さん自身が、『私の好きな日本人』（幻冬舎、二〇〇八年）で尊敬心を吐露している。日本史の中から、織田信長を始め一〇人だけ選んだその一人としてである。「巨きなリアリスト」と副題がついている。

最近書かれた『死者との対話』（文藝春秋、二〇二〇年）所収の『死線を超えて』（「文學界」、二〇一七年一〇月号）でも、石原さんは、《私が政治家の中で唯一人私淑した無類のリアリスト》（二六四頁）と評している。

私は石原さんと賀屋興宣の話をしたろうか？　記憶はよみがえってこない。賀屋興宣についての会話はあったかもしれないが、悲しいかな、覚えていないのだ。日本が桁違いの国力のあるアメリカと三年八か月も戦うことができたのは大蔵大臣だった賀屋興宣の力なんだよと石原さんに教えてもらったような気がしないでもない。誰かにそう言われたことだけは確かなので、やはり石原さんしかいない。考えてみれば、本をたくさん出している石原さんとは、二人でいたときに出た話なのか、石原さんが本に書いていたのを私が読んだだけで、実際に面と向かって、あるいは電話で二人で話したことではないのか、今となっては混然としてはっきりしないことがあるのだ。

いや、私は石原さんの『公人』(『遭難者』所収、新潮社、一九九二年／「文藝」、一九七三年一月号初出)という題の短編小説の話を、石原さんと直接にした気がする。私はあの小説は石原さんにしか書けないものだなと読んだときから心に刻んでいたから、初めてお会いしたときに話していても少しも不思議ではない。

『公人』というのは、こんな稀有な純愛物語だ。

賀屋興宣と小学校の同級生だった美しい女生徒との間での、生涯にわたるプラトニックな恋愛関係が主題である。小学校を卒業してから長い間、一度も顔を合わせることのないままに、女性は賀屋興宣の大蔵官僚としての人事情報を、同じ公務員である旧制高等学校の教師である夫の持ち帰る官報の記載で追いかけ続け、賀屋興宣は賀屋興宣で、ある偶然で早くにその女性の夫が公務員であることを知り、同じように官報でいつも女性の所在を、さらにはその夫が亡くなったことを含めて、把握していたというのだ。

そんな奇跡のようなことが本当にあるのだろうか？

しかし、石原さんは、その『私の好きな日本人』の中で、賀屋興宣が自ら『私の履歴書』に簡潔に《十歳の時同級生の女の子に恋愛感情をいだいた。》（一八八頁）と記している部分を引用している。その引用は《私はまじめに彼女との結婚を考えたが、とても口にはだせなかった》と続くのだ。

石原さんは、小学生の男の子と女の子が出逢い、女の子が人妻となり、彼女の夫が亡くなり、そのことを大蔵官僚となっていた男の子、賀屋興宣が官報で知って弔電を送ったこと、そして男は大蔵大臣から一転して戦犯として監獄に繋がれる身となり一〇年間を過ごしたのち、衆議院議員となったこと、その直後に妻が亡くなったことを一つ一つ綴る。

最後、年老いて癌のために先に逝く女性を、閣僚となっていた男が病床に見舞い、眠っているその女性の塑像のような姿を確認し、目を覚ました女性がベッドから差し出した手の内になおも感じられるぬくもりを男性が懸命に感じとり、互いに何も言わず見つめ合うだけの別れの時間があったこと、さらには男性が公人としての予定を退けて葬儀の席に現れ、出棺まで黙って座っていたことまでを、抑制された筆致で淡々と物語る。静かな激情が読む者の心をつかんで離さない名編である。

石原さんは亡くなった。

死について、『私の好きな日本人』に石原さんと賀屋興宣とのやりとりが出てくる。石原さん四五歳、賀屋興宣八八歳。

石原さんが尋ねる。

《「……この頃一番何に感心がおありですか。……」》

賀屋興宣が答える。

《「ああ、それはやっぱり死ぬということですな」……

「……人間が死ぬというのはどういうことですかね」》

とたたみかけるように問う石原さんに、賀屋興宣は答える。

《「つまりませんな、死ぬということは」》

そして続ける。

《「いろいろ考えてみましたが、わかってきましたな。人間は死にますとね、暗い長いトンネルみたいな道を一人でずうっと歩いていくんですよ」……

「……そうやって一人で歩いていくと、やがては悲しんでくれていた家族も私のことなんぞ忘れちまってね。さらにその先、この自分も自分のことを忘れてしまうんですよ。つまり何もかも全くなくなってしまうんです。だからつくづくつまらんですな、死ぬということは。》（一九五頁）

そう言ってのけた賀屋興宣は、《……ですから私は死にたくないですな」》と《低く乾いた声で笑ってみせた。》、石原さんはそう書いている。

最後に石原さんは、《この段に及んで、彼が秘めていたこれほど強烈なニヒリズムに行き会うとは。》（一九六頁）と結んでいる。

ところがこれで終わりではない。

さきほど紹介した『死者との対話』と題された本に収められている『死者との対話』という小説は、二〇一九年「文學界」七月号に石原さんが書いたものだ。

その中で石原さん自身とおぼしき「六十代半ばの白髪で端整な顔立ち」の「かなり有名な作曲家」の男が、

《「もう僕には大切な用事なんぞはありはしないんだよ、あるのは死ぬことだけさ。し

かしこれは難しいな」》
と吐き出すように言って、
《「いろいろ考えてはいるんだが分かる筈はないよなあ。死ぬと言うのは最後の未知だものね、しかし僕にはわかってきたよ、死ぬとは全くの一人旅だな」》（七三頁）
その時の石原さんは八六歳、死の三年前である。その前、二〇一三年、八〇歳のときには脳梗塞を起こしていた。
その石原さんが悟った自らの死について語る中身が、なんと、賀屋興宣が『私の好きな日本人』で言ったこととして石原さんが記していることと完全に同一なのだ。
《「……死ぬとね一人で暗い道をとぼとぼあるいていくんだな、多分長い道だろうな、そしてその間に僕を悼んだり懐かしがっていた連中も皆僕を忘れてしまい噂もしなくなる、肉親にしたってそうだものな。……そしてその内僕も僕のことを忘れてしまうんだよ」》（七四頁）
と言い捨てて、
《だからつまらんことだよ死ぬというのは」》と結ぶ。
なんと、賀屋興宣が「低く乾いた声で笑ってみせた」ときと同じことになってしまっている。それほどに、賀屋興宣という人は石原さんに決定的な意味を持った人だったのだろう。

すると、石原さん自身も「強烈なニヒリズム」の持ち主だったということか。

それは、織田信長の唄った《『死のふは一定、しのび草には何をしよぞ、一定かたりをこすよの』》（一六七頁）につながる。《いまいましいほどの焦慮》という石原さんの言葉が続く。石原さんは、死についてそのように考えていたのだ。

それにしても、である。

今から振り返ってみると、作家が二人も「ミスター・ダンディ」に入っていたとは。それも「平凡パンチ」である。今の若い人は知るまいが、若い男性向けの、軽い週刊誌である。時代というほかない。一九六七年とは、団塊の世代が二〇歳になろうとしていた、高度成長が八年目にさしかかっていた、上り一本調子の日本だったころのことなのである。


冒頭に戻る。

石原さんは、いったいなぜあれほどの人気者だったのだろうか？

政治家として、どれほどの時間と精力を注ぎこんだのかは私にはうかがい知ることもできない。しかし、石原慎太郎と賀屋興宣と、歴史は政治家としてどちらが重要だったと判定するだろうか。

賀屋興宣だろうと思う。

では、石原さんは、いったい何だったのだろう？

《「職業は石原慎太郎」

本人がよくそう言っていたようにどんなカテゴリーにも収まらない人でした。》

と四男の石原延啓氏は書いている（『父は最期まで「我」を貫いた』、月刊「文藝春秋」、二〇二二年四月号、一〇五頁）。

では、死んでしまった石原さんは、人気者であり続けるのだろうか？

しばらくは。しかし、五〇年、一〇〇年の後、歴史家は青年として『太陽の季節』を書いた作家以外の石原慎太郎を、どんな物差しで測ることができるのだろうか？

私が個人的に知っている石原さんの温かさ、優しさ、繊細さ、懐かしさは、歴史家の目に留まるのだろうか。

森鷗外は、文学者には理解を超えた軍医としての彼の人生の部分は切り捨てられてしまっている。石原慎太郎を全体として理解することは、歴史家にとって「テーベス百門の大都」以上に難しい課題になることだろう。

第二章
師

五

石原さんはときどき、電話をくれた。なんの前触れもないこともあったし、電話すると予告があったり、さらには私が電話に出られないときには、電話を返してくれるようにと秘書に言づけたりすることもあった。

電話をするそのしかたに、石原さん独特の優しさ、繊細さが現れていたことは前に書いた。

ある時、

「伊藤整の『変容』を読んでみるといいよ」

と、突然に電話がかかってきたことがある。

私は、待ってましたとばかり「『変容』は私の大好きな小説です。もうなんども読んでます」と答えた。そのとおりだったからだ。行徳に住んでいたことのある私には、未だ大手町までしか開通していなかった東西線が描かれている『変容』には、特別の思い入れがあった。

《その大手町で終りになっている電車は、東西線という名のとおり、近い将来、大手町から東に伸び、永代橋の附近で隅田川の底を潜り抜け、深川に入り、そこから更に東に進んで、荒川放水路を越え、海苔や貝類の産地の行徳のあたりを過ぎて、千葉県の船橋の辺に出る予定になっている。》（『変容』岩波文庫、一九八三年、二〇五頁）とある。私は行徳の二字の横に鉛筆で線を引いていた。

「そうかい」

石原さんは我が意を得たりという感じで、饒舌《じょうぜつ》だった。

「あれ、面白いよね、読んでいて思わず、なんども笑ってしまう。なんとも愉快な大人の小説だ」

という調子だった。

「伊藤整って人は実に女好きの人でね」

私には、その話は意外ではなかった。私は伊藤整の全集を読んでしまうほどに伊藤整のことが好きだったのだ。伊藤整がどれほど異性との関係を人生の重要な一部と考えていたのかは、作品を読めばすぐにわかる。

しかし、今になって思い返してみると、石原さんが伊藤整の『変容』を持ち出して私に教えたいと考えたのには、石原さんなりの特別の理由があったのだと思う。

その時の電話の会話で、私は伊藤整の『氾濫』についても触れたような気がする。私が伊藤整を好きになったのは『氾濫』からだ、と。

伊藤整の『変容』を読んだことのない人のために石原さんにとって面白かったに違いないところを紹介すると、先ず題材は、色好みの還暦近い画家、龍田北冥という男の、過去と現在の色事の果てしない連続、曼陀羅《まんだら》模様とその中でつかんだと思っている芸術論、人生論である。その模様の一つとして、先輩である岩井透清という名の、古稀になってもう性的能力のなくなった画家が登場して、龍田北冥に教訓を垂れる場面がある。

《「龍田君、七十になって見たまえ、昔自分の中にある汚れ、欲望、邪念として押しつぶしたものが、ことごとく生命の滴《したた》りだったんだ。そのことが分るために七十になったようなものだ、命は洩れて失われるよ。生きて、感じて、触って、人間がそこにあると思うことは素晴らしいことなんだ。語って尽きず、言って尽きずさ。」

彼は私を脅《おびや》かすように睨《にら》みつけ、やがて私を羨むように目をそらし、失われた生そのものを感じて歯ぎしりするような、怒った顔になった。彼の取り巻きの連中が私に彼をまかせて立ちのいている理由も、この老人の、このような激しさにあるようだった。》

（『変容』二九九頁）

私は『変容』を二十代のときに読んだ。

伊藤整の作品を初めて読んだのは大学生のときで、ソニーの七インチしかない小さなワインレッドの白黒テレビで『氾濫』の映画を観てからすぐ後のことだった。映画の『氾濫』は、左幸子と佐分利信が演じていて、男に金を無心する左幸子が、二心をなじられて居直る場面がとても印象的だった。左幸子をとても美しい人だと思った。

それで、さっそく新潮文庫の『氾濫』を買い求めたのだ。

書斎の本棚から古びてしまったその本を取り出して見ると、奥付の上に鉛筆で一九七一年の二月二七日に読み終えたと記載があるから、昭和四六年、大学一年生のときのことになる。

二度目に読んだのは二〇〇三年二月一四日とある。なんと五三歳になってまた読み返しているようだ。

記録は書いておくもののようだなと改めて思う。

それだけではない。この本は、まだ私にとって一冊々々の本が貴重で、私にも時間があったことを示すように、パラフィン紙で紙の表紙をきれいにくるんである。

私は、ある時期まで、そういう習慣だったのだった。

本は、買って、持って、本棚に飾っておくものだ。つくづくそう思う。

それにしても、どうして三二年も間をおいて、また読み返したのだろうか。五三歳の私はとても忙しかったはずだ。

きっと、石原さんに違いない。石原さんと伊藤整の話をしたのが二〇〇三年の二月一四日のすぐ前だったのではないか。そうに違いない。

『変容』の話、石原さんがいかに『変容』を愉しんで読んでいるかを話してくれた後、私が『氾濫』の話を出して、それで自分で懐かしくなったのだろう。あるいは、『氾濫』を書く際に伊藤整が世話になったという奥野健男の話も出たかもしれない。映画『氾濫』の話を私はしたかもしれない。しかし、左幸子や佐分利信のことが話題になった記憶はない。あれば覚えている。

それにしても、ああやって石原さんに電話をいただいて伊藤整の小説について話をしたのは、私が五三歳のときだったのだ。

つまり、石原さんは七〇歳だったことになる！

岩井透清、実は伊藤整の名を作者が変形してまぎれこませた副主人公の年齢に石原さんがあったとは。

石原さんが、性的に「お前はまだ役に立ちそうだが」と五三歳の私を羨ましく思ったはずはない。長い間にわたって石原さんのもっとも身近にいた見城さんによれば、彼は八〇歳を越えてなお性的には健在だったという。さもありなん、である。

石原さんにとって、伊藤整は特別な存在である。

石原さん自身が書いているが、石原さんは一橋大学に入ってどうしても学部の講義になじむことができなかった。他方、当時廃刊になっていた「一橋文芸」という同人誌を友人だった西村潔氏と復刊すべく、当時流行作家だった伊藤整氏のところに二度にわたって金の無心に行って、その復刊第一号の「一橋文芸」に書いた『灰色の教室』が「文學界」の同人誌評をやっていた浅見淵氏の目に留まり、数行のコメントが印刷された。石原さんの人生に運命の女神が微笑みかけた、いや、強く抱きしめられた瞬間である。

その直後、『太陽の季節』で芥川賞を取ってスターになったことは周知のところだが、そのころ、石原さんは自分の身の置きどころについて伊藤整に相談している。

「なにがなんだか、急に人気者になってしまって、あちらこちらから声がかかってくる。こんなときにどうしたら良いのでしょうか？　嬉しいような、怖いような」

　と石原さんが教えを請うたら、伊藤整は、

「いい機会なんだから、飛んだり跳ねたり、好きに暴れまわったらいい。それで失敗したら、そのことを、また小説に書けばいいのだから。小説家というのはそういう職業なんだから」

　と助言した。

　なるほど、と納得した石原さんのその後は、行くとして可ならざるはなし、といったところだろう。日生劇場を当時の金で四五億円もかけて作るのを、五島昇氏の仲立ちで日本生命の弘世現社長に頼まれたのは、なんと三〇歳のときである。

　村野藤吾の設計の日比谷にある建物は、私も日本生命の仕事でなんども出入りしたことがある。ほんの少しの修理にも設計者の承認が要るという、とんでもない建物だと間接に聞いたこともある。

　私にとっては、その日比谷にあるビルで、弁護士と依頼者として、一対一で交わした宇野郁夫社長との対話は忘れがたい人生の宝物である。

今回、その村野藤吾について調べていて初めて広島の世界平和記念聖堂が彼の設計にかかることを知った。私が小学校の五年生と六年生の二年間を過ごした幟町小学校のすぐ前にあるカトリックの教会で、私は図画工作の授業のたびになんども写生したものである。

石原さんは、一九五八年、昭和三三年に『亀裂』を書いている。偉大な失敗作であるといわれている作品である。私は昭和四六年七月七日に新潮文庫で読んだ。二一歳である。駒場の授業に、体育実技の他は出席がとられないのをいいことに、まったく学校には行かないでいた。六畳の木賃アパートで昼夜逆転した生活の中で、本に溺れるようにして過ごす一環として読んだのだろう。結核を患っている副主人公の女性が血を吐きながら主人公の都築明と性行為をする場面があったのが、今でもはっきりとした記憶に残っている。

石原さんが定宿にしていたとおぼしき御茶ノ水にある山の上ホテルの一室が場面になっている。

夫を亡くした母親が亡き夫の兄と男女関係にある、しかし《あれは俺の知ったことではない。〟》《〝どうでも良い〟》と独り言った石原さんとおぼしき主人公、都築明は、《〝それよりもこの俺と言う、手前のことだ。今夜俺は何もせず唯あちこち呑んだくれ、こうして今ベッドの上に靴をはいたまま転がっている。間もなく水浴《バス》の用意が出来、一風呂浴びて明日の午まで寝るだろう。午からセミナーに出かけ、此処へ戻って来、後十日間で何とはなく、約束した短編と連載の小説を合わせて三つ書くという訳だ。》（新潮文庫、一九六〇年、七一〜七二頁）

そこで、都築明は、石原さんは、自分に問いかける。

《そんなことで——、こんなことでおい明よ、貴様は何かの仕事をやっているとでも言えるのか〟》（七二頁）

この「おい明よ、貴様は何かの仕事をやっているとでも言えるのか」という独白は、二一歳からの私の心の中で、なんどもなんども鳴り響くリフレーンとなった。「オマエは、それで何かをやっているつもりなのか」と。

山の上ホテルは、天ぷらの美味しいカウンターがあって、その後私は自分の金で行けるようになってから、なんども出かけたものだ。

そんなことをしているうちに七三歳になった今でも、私は自分を問い詰めることがある。「こんなことで、おい、貴様は何かをやっているとでも思っているのか」と。

石原さんからの電話は、確かに伊藤整の『変容』についてだった。ところが、不思議なことに、「en-taxi」という雑誌の第一号（二〇〇三年三月二七日、七〇頁）では、こんな発言を石原さんはしているのだ。

《変な話だけと、牛島信という、不思議な推理小説家がいるんだよ。これは一番東京で流行ってる弁護士なの。だから事件のネタはふんだんに持っている。》

と私をさらりと紹介したすぐ後の部分で、

《この間、彼と電話で話して。「伊藤整、読んでみたことある？」と言ったら「ああ、あります。僕、大好き」と。「何が好き？」と言ったら「僕は『氾濫』と『変容』が大好きです」と言うからさ、「君、折角面白い素材を持っているのに、あとは意識の襞の問題じゃないか」と言ったんだ。そうしたら「ああ、そうだなあ。こんなこと言われたの、初めてだ」と言ってたけど。》

とある。

しかし、現実には、石原さんは初めっから『変容』を指して、あれは面白いよね、読みながら笑っちゃう、と言ったのだ。決して『氾濫』ではない。それは、とても読んでいて愉しいという、読書の愉しみを若い人間に気どらずに教えるという調子だった。『氾濫』について話し始めたのは私だった。

その雑誌での発言は、もともとが座談会での発言なのだが、私について話す前、伊藤整が話題になった部分で石原さんは、丸谷才一を批判しながら、《思わず膝を打ったり笑ったりさ、「なるほどそうだよな、お互いに」ってことは、全然ないもの。》（六六頁）と言っている。

そのまさに「思わず膝を打ったり笑ったりさ、『なるほどそうだよな、お互いに』」という雰囲気が、石原さんが『変容』について電話をくれたとき、電話機の向こう側の息づかいにはあった。

ところが、その雑誌の中では《僕、伊藤整の「変容」は読んだことなかった。「氾濫」は昔面白かった。けど、今読むともっと面白いね、年ですかね。》と言っている（六九頁）。

石原さんは、『変容』を読んでみろ、と私に勧めるためにわざわざ電話をくれたのだ。それが、時系列からいってこの座談会の前であることは、私についての石原さんの発言内容から間違いない。

それなのに、『変容』は読んだことなかった、になってしまっている。

いったい何がどうしたのか。

何がなんであったとしても、あの時の石原さんの、いかにも愉しくて、おかしくて、笑わずにはいられないといった調子の声は、私の記憶に残っている。

そうやって石原さんは私の気分を引き立ててくれたのだ、と思い出さずにはいられない。

私は、石原さんは、自分にとって伊藤整がしてくれたことを、私のためにしてやろうと思い定められていたのではないかという気がしている。

「文學界」の編集者で石原さんの『灰色の教室』に才能を感じた浅見淵氏は、「一橋文芸」という同人誌に出ていたのだから、機会があって伊藤整に、素晴らしい才能のきらめきのある学生の話をしたのではないか。伊藤整は、それは私に金を借りに来た好青年のことだとでも言ったのだろう。浅見氏は勇気百倍、石原氏に接触して、次作を書かせた。『太陽の季節』である。

それに芥川賞をやろうという話が伊藤整と文藝春秋社の間でまとまっていたのではな

いか。

私の疑いに過ぎない。

しかし、石原さんは伊藤整のおかげで小説家になり、一家の財政破綻を救い、昭和の戦後を象徴する人物になることができたのだ。律義な石原さんのことだ、どれほど感謝していたか想像ができる。

その役割の一部が、この変わった弁護士作家で再現できるのではないか、と思ったのだろう、と考えるのである。

今やこの世にいない、虚無になってしまった石原さんは何も答えない。私は、虚空に向かって叫ぶだけのことしかできない。しかし、私の中の石原慎太郎さんは消えていない。生きている。

六

石原慎太郎さんのお別れの会があった。見城徹さんのお世話で出席することができた。

実は、四月の中ごろだったか、四月二九日に予定していた石原慎太郎さんのお別れの会が延期になってしまってすまない、とのご連絡を見城さんからいただいていたのだ。その時にいろいろと詳しい経緯をうかがったが、最後に、とにかく日にちが決まれば必ず連絡するから、ということだった。

それが六月九日、木曜日になったというわけである。

六月九日。場所は渋谷のセルリアンタワーと招待状にあった。

車で会場に向かいながら、心が沈んでいた。胸塞がる思いとはこういうことなのかと感じ続けていた。動悸がするわけではないが、心臓の鼓動が気になるのだ。興奮しているのをネガティブに言うとこういう状態のことを指しているのかと感じていた。

お別れの会があったからといって、すでに四か月も前に亡くなられているのだ。何が変わるわけではない。そう思ってみても、やはり、いよいよ石原さんの死を正式に、客観的に受け止めなければならない状況に我が身を置くのかと突きつけられると、感慨を催さないではいられない。

あんなこともあった、こんなこともあった、結局は申し訳ないことだった、という考えが堂々巡りするばかりだ。

ホテルに着いて地下二階へ降りてゆくと、予想どおりたくさんの人がいた。若い方が多かったのか、私はまわりのことはどうでもよい思いだったせいか、覚えていない。幻冬舎の森下康樹さんに会った。元都知事の猪瀬直樹さんとも挨拶を交わした。

会場の前に、岡本太郎デザインの椅子が二脚、赤と白、が置かれている。ご自宅に置かれていた椅子で、石原さんご自身が座っている姿を写真で見たことがある。お釈迦様が片手をすぼめて差し出したようなその手のひらに、すっぽりとお尻がはまり、右腕を椅子の親指の部分、背中をその他の四本の指の部分にゆだねるような格好をしている。

岡本太郎デザインの椅子に座る石原さん（毎日新聞社提供）

ああ、あれだ、とすぐにわかった。で、石原さんが座っていたように座ってみようかと誘惑された。どこにも、腰かけないようにという指示はない。しかし、たくさんの人がいる。私が座れば、何人もが座るかもしれない。傷つけてしまっては申し訳ないという思いが、しばし眺めるだけにとどまらせた。

誘導どおりに歩いて行くと、石原さんの描いた絵が何枚も飾られている。へえ、はたで思っているよりも、石原さんは画業に真剣だったようだ。アトリエが再現されている。ああ、これが《とても広い家でしたが、父の書斎、アトリエ、書庫、サロンなど、ほとんどは父だけの為の空間が占めていました。》（石原延啓『父は最期まで「我」を貫いた』、月刊「文藝春秋」二〇二二年四月号、一〇三〜一〇四頁）とあるアトリエにあった椅子や絵の具入れか、と得心する。

次には、天井近くの壁面を見上げると、自宅の大きな映像が動いている。映画『ゴッドファーザー』の大邸宅を思わせる鋳鉄づくりの大がかりな門扉、なんとも豪華な入り口の階段、写真で見慣れた鏡張りのカップの棚、石原さんの広々とした書斎、奥様の寝室などが次々と目に入って来る。

しばらく突っ立ったまま、その豪邸を眺めていた。もちろん、窓の向こうには相模湾が広がっている。奥様の寝室は広く、そこからも海が望まれ、幼かった子どもたちのベッドが置かれたと解説文があった。

さらに進むと、この会のために作ったとおぼしき巨大な壁一面に、これまでの著作の表紙が並べ飾られている。ざっと数えてみて、あそこからあそこで五〇、すると全部で五〇〇くらいにはなるのか、と、少なからず驚く。

そういえば、「俺は叩き上げだよ」という石原さんの言葉を思い出す。あの豪勢な自宅、ヨット、はすべて自分の身体一つで勝ち得てきたのだなあと改めて思う。

ふっと、政治には金が要る、と言われ、血を滴らせるようにして原稿用紙の升目に文字を埋めて作った金を子分に渡すと、あっという間もなく銀座のクラブのツケの払いに消えてしまった、とあった一文を思い出す。ああ、石原さん、大変でしたね、と今更のように苦労されましたねという思いが湧く。

いよいよ会場に入る。白い花々が下半分、青い花々が上半分。海だな、と誰もが思う。右と左にヨットの帆。中央に石原さんの写真が、灰色の簡素な額に入っている。ほんの少し微笑んでいるだろうか。こちら側に向かって語りかけでもしそうな表情だ。

誰が選んだのか。遺族だろう。

私には、ほんの少しの違和感があった。石原さんには、もっと力強さを感じさせる写真の方がふさわしい気がしたからだ。いや、それも最後を知らない、遠くから眺めているだけの人間の、身勝手な思いなのだろう。

写真の置かれた場所は、ほんの数か月前、私自身が東京広島県人会の会長として、七〇〇人もの参加者に挨拶をしていたところそのものだった。石原さんの顔のあたりにマイクが立っていた気がする。

単なる偶然のことだろうが、他の場所でという話もあったと見城さんに聞いていたから、やはり何かの縁ということになるのだろうか。

それこそ七〇〇人を遥かに超える数の人々が、最前列まで進んで、渡された白い花を手向けるべく、立って待っている。少しずつ、少しずつ列が進む。花一輪を手向け終わった横一列の人々が、左にさっと動いて、ほんの少し前に出ることになる。

私の右斜め前には、車椅子の方がいる。すぐ前の、もう若くはない男女一組が小さくもない声で喋りあっている。断片的な中身から、どうやら出版関係の人らしいなとわかる。

待つこと一〇分、いや一五分、私も最前列の一員になった。横一線に三〇人はいるのだろうか。

目の前の光景を目にして、私は思わず石原さんに話しかけていた。声には出さない。

「石原さん、こんなことになっていますよ。これって、他の人ならともかく、石原さんだと、ちょっと違うなあって気がしちゃいますよ」

先ず目に入ったのが、黒と白の水引のようなものがくるっとまん丸くなった祭粢料《さいしりょう》の袋である。天皇陛下とある。以前にもどなたかの葬儀で見たことがある。

そのすぐ右に、額縁に入った勲章についての賞状がある。明仁と、くっきりと署名がされている。旭日大綬章である。平成二七年とあった。安倍晋三首相の署名もある。さらに向こうには、その勲章そのものが鎮座している様子だった。しかし、そこまで歩いて行って確認するわけにはいかない。

祭粢料に戻って左を見ると、「正三位」とあって、岸田文雄総理が署名している。

「石原さん、なんだか、凄いことになっていますね。あの石原さんはどこにいらっしゃるのでしょうか」と、話しかけたくなってしまった。

それが、石原慎太郎という人物の成し遂げたところのものだと、日本という国家が認めたということなのかと理解はしても、やはりなんだか違うという気持ちが抜けない。

たぶん、石原さんという方はそれ以上の何者かだと信じているからだろう。

私がそう思う理由は、石原さんとこんな話もしたことがあったからなのだ。

ある時、二人だけのとき、石原さんは私に向かって、「天皇は、ここに上陸しろ、あそこを攻撃しろ、と具体的な戦争指揮を積極的にしていたんだよ」と真顔で言ったことがある。

あの時、どうして石原さんと天皇の話になったのだったか。東京裁判が一方的な戦勝国の報復に過ぎないという議論がきっかけだったろうか。

石原さんは、その時に、東京裁判を下駄ばきで見に行ったら、アメリカの憲兵に音がうるさいから下駄を脱げと命じられた話をしてくれた。確か、しかたがないので裸足になって、下駄はふところに入れたと聞いた気がする。ふところだなんて、石原さんは浴衣でも着て行っていたのだろうか。そういえば、暑いときだったということだった。

石原さんの天皇の戦争指揮の話は、頭に鮮烈な記憶として残った。なにしろ、私はそれまで、江藤淳の説明する、立憲君主として戦争開始に反対することは許されず、他方、戦争終結のときには立憲君主制が機能しなくなっていたから、やむを得ず、「聖断」を下して日本を終戦に導いたという歴史解釈に乗っていたのだ。だから、天皇が具体的な戦争指揮をしたと言われても、にわかには納得しがたい気がした。

しかし、大下英治氏の『石原慎太郎伝』（エムディエヌコーポレーション、二〇二二年、五六～五七頁）には、石原さんが、《例によって緊張した時の癖である目をしばたたせながら、私にまるで矢でも射るかのように訊いてきた。》とあるすぐ後に、《「君、日本人は、なぜこのように自ら責任を取ることのない、だらしのない民族になり下がってしまったと思う」》と大下氏に問いかける場面が出てくる。

問われた大下氏は、《「さぁ……」》としか答えられず、《返答する言葉を探していた。》するとい石原さんは、大下氏に対して、

《返答を待つというより、余程口にしたかったように、激しい口調になった。》

こう言ったというのだ。

《「最も国家に責任を持つべき天皇陛下が、昭和二〇（一九四五）年八月一五日の太平洋戦争の敗戦の日に、自ら割腹して果てなかったからだよ」》

石原さんは、大下氏に対して《「……私の生前は困るが、私が死んだ後には書いて大丈夫だ」》（五八頁）と公表する許可を出していたともいう。

このことは、つい最近出版された猪瀬直樹さんの『太陽の男　石原慎太郎伝』（中央公

論新社、二〇二三年）にも出ていた。

猪瀬さんも書いているのだから、本当なのだろう。あるいは私にも同じ表現を使って話していて、私が覚えていないだけなのかもしれない。しかし、やはり、天皇の戦争指揮の話は明確に覚えているのだが、切腹すべきだったという言葉は聞いた気がしない。

武人ではない天皇陛下に割腹自殺を求めるのはない物ねだりだと、今の私は思う。むしろ、アメリカに対して沖縄の永久占領を望んだという説の方が説得力がありそうな気がしている。自ら武力を持たない天皇にとっては、陸軍が頼りにならないとわかれば、次にすがるべきがアメリカであるのは、そう不思議な発想ではないと言われたことがあるからだ。

私は、石原さんに言われてから、天皇があの大戦にどう関与したのかを調べてみたことがある。その結果わかったのは、天皇もまた和平を求めながらも、一撃後にしか講和はあり得ないと考えていたらしいという事実であった。

しかし、石原さんの言い方は、私に対しては決して「激しい口調」ではなかったものの、長い間考え続けてきた、間違いのない結論を繰り返しているという調子があった。それは、決して一撃講和論の範疇に収まるような話しぶりではなかった。

石原さんのような履歴の方であれば、そうした昭和天皇の言動について知る機会も多かったのだろう、と思う。

ここでも、私は賀屋興宣を思い出す。戦争当時の大蔵大臣であり、《「……こんな国が、あんなアメリカやイギリス相手に三年間も戦争出来たのは私の財政のお陰ですよ」》（『私の好きな日本人』一八三頁）と言う人である。

賀屋興宣なら、いろいろなことを知っていて、石原さんに教えた可能性が大いにある。

賀屋興宣という人は、凄い人である。

「負けたんだから、殴られ役が要るさ」と、いとも簡単なことのように東京裁判での我が身を位置づけ、自分の巣鴨での一〇年を合理化できる明晰さは、尊敬に値する。なにしろ、《私の生涯のうちで、巣鴨服役中が一番心境が澄みわたって整って、人間的に良い生活であったと私は考えている。》（『戦前・戦後八十年』一八一頁）と自伝で述べるほどなのだ。

もちろん、賀屋興宣は東京裁判を認めているわけではない。

東條とキーナン検事の対決は、東條の完全勝利だったと評している人なのだ。所詮、人の世というのはそうしたものという、一種悟りに似た凄みのある人なのだ。

その彼が、B、C級戦犯の救済に獄中から走り回ったという事実は、エリートという立場にある人間の行動として、まことに考えさせるものがある。

「大体私は芸術とか学問に打ち込める人間ならそれが一番いいと思うんですよ。ところがどうも無能で、その方はどうもとても駄目ですからやっぱり政治的とかいろんな社会的なことに対するお世話でもして、多少でも世のためになることをするということを考えることが一番いいんじゃないかと、こう思っているんです」

たぶん、いや間違いなく、そう信じていたのだ。

そういう賀屋興宣にとって、石原さんは、政治家だったのだろうか、芸術家だったのだろうか。

両方を兼ねた稀有な人物と思っていたのだろう。選挙区を譲る話まであったというのだ。内外の人脈も引き継いだという。大いに政治家石原慎太郎に期待していたのだろう。

しかし、芸術家石原慎太郎が邪魔をした。政治家としての石原さんは、旭日大綬章だから大した働きをしたことは間違いないのだが、それは石原さんにとって、やはり一部でしかない。歴史には、政治家石原慎太郎は大した存在感を持っていない。だが芸術家石原慎太郎は、これから評価される。政治家、有名人としての石原慎太郎が輝いている間は難しい。時間がかかる。しかし、そういう時が必ずやってくる。《日本という社会の狭量さは著名な政治家が優れた小説を書くことを許容しない節がある。》（石原慎太郎『「私」という男の生涯』幻冬舎、二〇二二年、二一四頁）

古い友人だった大江健三郎が《「そうしたあなたならではの経験は是非掌編小説として書き溜めておくべきだ」と忠言してくれ》たこともあって、《その種の体験を集めた作品集『わが人生の時の時』はある文学賞の対象となったが、最終の選考で選考委員の「これは小説とは言えぬ」という意見で抹殺されたそうな。》（二一五頁）と不満を述べている。

帰りの高速は速かった。私は正午からの事務所の会食に優に間に合うことができた。お別れの会に出たままの服装で、私はすぐに会食に臨んだ。黒っぽい背広とオレンジ色のネクタイである。

お別れの会では、何重かに折り畳んだ小ぶりのパンフレットのようなものをくれた。ヨットに乗った、上半身裸で船長らしき帽子をかぶった石原さんの写真が表紙になっている。私はこの表紙で、慎太郎が本当は愼太郎と書くのだと初めて知った。考えてみたら一九三二年、昭和七年生まれなのだ、当たり前のことに過ぎない。

その日の夜、その日になすべきことがすべて終わった後、私はそれを手に取って見直した。

裏表紙に、「辞世」として「灯台よ　汝が告げる言葉は何ぞ　我が情熱は誤りていしや」とあった。

情熱、という言葉に、私は石原さんの声がよみがえってきた気がした。

石原さんが、「牛島さん、小説は情念なんだよ」と励ましてくれたことがあったからだ。

情熱。情念。

確かに、石原慎太郎さんは情念の人であった。

七

安倍晋三元総理が殺された。突然の死。政治家を暴力的に殺す。テロ。

私はシーザーを思い出した。もっとも理想的な死は突然の、思いもかけない死であると言っていたシーザーを。ジュリアス・シーザーは政治家である。決して突然の死を望んでいたのではない。ただ、自分の使命、天命を果たすべく動いている身には、突然の死が降りかかることはあり得るとわかっていたのだ。

自らの決意が固かったがゆえに、どんな目に遭うとしても、それを貫くのだという信念があったということである。したがって、理想に燃える政治家は、我が身に突然の死が降りかかる事態があり得ることを予め受け入れ、そのうえで行動しているということになる。理想に殉じる覚悟がなければ、政治家として権力をふるうことはできないという冷静な認識である。権力とは合意のない場合でも自分の考えを貫く作用である。

そうした政治家への暴力行為の理非曲直などは、はなから明らかなことである。悪い。しかし、人の世には、警察の裏をかいて身勝手なことをするやからが少なからずいることは言うまでもない。

織田信長は、自らの突然の死について、是非もないと言ったと伝えられている。彼には、覚悟があったのである。そのうえでの、左右を顧みない断固たる言動があったのである。

安倍晋三元総理にも同じ覚悟があったろうと、私は思う。それでも、自分がしなければこの国は救われない。政治家の、権力を握り、信念を押し通すことへの覚悟である。使命、天命に従うことを知る者のみが有する心構えである。自分に反対する者はいるに違いない。なかには暴力に訴える愚か者もいるかもしれない。だが、決してひるまない。なぜなら、自分がひるんだら国が亡びると信じているからである。

もちろん警備は万全でなければならない。しかし、ケネディは殺害された。大統領だったからである。濱口雄幸は殺された。総理大臣だったからである。

伊藤博文も原敬も斎藤実も犬養毅も、そして高橋是清も。

なんども言う。安倍晋三元総理の死はテロであり、決して許されない。

いや、正確には、テロですらない。

テロは、貧富の差がある限りなくならない。先進諸国から見れば、許すことのあり得ない犯罪である。だが、テロを敢行する側には、それなりの理由がある。

ジャレド・ダイアモンドは言っている。

《「消費量の低い国は高い国々に対して敵意を持ち、テロリストを送ったり、低いほうから高いほうへと人口移動が起こるのを止められない。現在のように消費量の格差がある限り、世界は不安定なままです。ですから、安定した世界が生まれるためには、生活水準がほぼ均一に向かう必要がある」》（吉成真由美『知の逆転』ＮＨＫ出版新書、二〇一二年、三〇頁のジャレド・ダイアモンド氏の発言部分／弊著『身捨つるほどの祖国はありや』八九頁）

いったい、安倍元総理の命を奪わなければならないどんな理由があり得るというのか。ない。断じて、ない。

私がテロではないと言う理由である。政治家の殺害。犯罪。

安倍元総理の死は政治家の死である。非道な銃弾に倒れたのである。もう一度同じことを言う。テロですらない。

遺された家族はどんな思いか。公的人間にも、大切な私的エリアが存在する。

安倍晋三元総理が狙撃されたと聞いて、私は石原さんとの対話を思い出していた。

「もう石原さんはどうやっても三島さんにかないませんよね」

「なぜだ？」

「だって、三島由紀夫は四五歳で腹を切って死んだ。しかし、もうあなたは六六歳だ」

「うるさい。死にたくなったら俺は頭から石油をかぶって死ぬよ」

石原さんとこんな対話をした人間はいるのだろうか？

そもそも、なぜ私は石原さんに向かってあんなことを口にしたのだろうか？

たぶん、『三島由紀夫の日蝕』が背景にあったのだろう。

そのやり取りの前、石原さんは、遠い遠い世界を見やるような視線で、少し目を細めて、

「三島さんは実に頭のいい人だった」

と教えてくれたのだ。

しかし、『三島由紀夫の日蝕』の中で、石原さんは明らかに三島由紀夫の運動神経の決定的なまでの欠如を、三島由紀夫の全体像の理解に不可欠なものとして、あげつらっていた。だが、そうであろうとなかろうと、その三島由紀夫の死に方に、もはや石原さんは及ぶことがないのではないか、と私は思っていたのだ。それで、率直に疑問を投げかけた。石原さんの答は、明らかに憮然とした態《てい》のものだった。

その石原さんが、八九歳で、膵臓癌で逝った。事前の告知を受け、ある限りの治療を試み、そのあげくの死だった。

石原慎太郎さんのお別れの会は、つい先ごろ、六月九日にあったばかりである。安倍元総理も参列した。

もし石原さんが安倍元総理の死を知ったら、どう感じただろうか。

石原さんは、テロが、法的な是非の次元を超えて、歴史のうえでは時としてあり得ることを理解していた。

再度言う、安倍元総理の死はテロの結果ですらない。

しかし、政治家としての戦死である。

石原さんは、悲しみの後、身も世もなく嫉妬したのではないかと思われてならない。

石原さんはゆえあって政治に志し、三五歳で選挙に出た。三〇〇万票を超える素晴らしい初陣だった。

衆議院に鞍替えした後、都知事選挙に出て、敗れた。その後、衆議院議員として再スタートした。

そして衆議院議員勤続二五年の表彰を受けた、その場の演説で辞職を宣言した。日本は宦官のような国になっていると述べて、だ。石原さんの二五年間の衆議院議員生活は、結局無駄だったということである。

それは、石原さんなりのやり方で政界、永田町に処し、いかに努力しても容れられなかったという現実があったということである。

安倍晋三氏は、それを軽々と飛び越えて総理大臣となった。そのうえ、体調で政権を投げ出すことになってしまっても、また返り咲いた。

そういう安倍元総理の公的生涯と突然の終焉に対して、石原さんは、同じ政治の世界、総理大臣の地位を目指した者として、身も世もなく嫉妬したに違いないと思うのである。

どうして自分ではないのか、と。

安倍晋三元総理の横死の報にもし石原さんが接していたら、石原さんはきっと三島由紀夫のことを思い出していたろうと感ずる。なぜならば、衆議院議員を辞任する直前、石原さんは心の中で三島由紀夫にこう話しかけていたのではないかと想像するからである。

「三島さん、あなたは正しかった。この俺は、議員になって、何か想像を絶するほど素晴らしいことを、この世で、この日本で実現してやるという野心を持っていた。でも、結果は違った。どうして人々があれほど愚かなのか、私にはわからない。三島さん、あなたはそれがわかっていたんですね。だから、あんなことをしでかしたあげく、自分で腹を切って死んだんですね」

　であればこその、「なぜだ？」という、不愉快な口調での私への反問だったのだろう。今にしてわかることだ。あれは石原さんが衆議院議員を辞めて後、都知事に再度立候補するまでの、ほんの短い期間の折のやり取りだった。

　その短い期間については、石原さん本人が遺作の『「私」という男の生涯』の中で、《永年勤続の表彰を受けて議員を辞めた後の四年間は、私の人生の中でのまさにオアシスとも言えそうな時間帯だった。》（二七一頁）と書き記している。

　私は信じない。そう思った瞬間もあったろうとは理解はする。しかし、私は信じない。

石原さんは、いわば神に魅入られた男だったからだ。オアシスは、砂漠に点在しているからオアシスなのだ。果てしない砂漠の渇きに絶望した人間だけが知るオアシスのうるおい。しかし、石原さんは相変わらず渇いたままでいる。

なんにしても、石原さんの中には、このままでは、どこにも死に甲斐などないままに死ぬことになるということへの予感が溢れていたのだろう。それで、とっさの「死にたくなったら頭から石油をかぶって死ぬよ」という答えになった。

私は、石原さんの一番弱いところを突いた質問をしてしまったのかもしれない。

「あなたは、あなたの死が意味のあるものだと信じて死ぬことができますか？」

という問いかけをしてしまったのだろう。

死に甲斐。それは、自分を頼むところの大きな人間に共通する欲望なのである。

そういえば、石原さんは三島由紀夫と何が人間にとって一番大事かを、それぞれ紙に書いて見せあったことがあると書いている。それが、期せずして「自己犠牲」と一致したというのだ。

三島由紀夫はああいう死に方をした。立場に拠るだろうがともかく、自己犠牲と呼ぶことが許されるだろう。

では、石原さんの、膵臓癌で余命三か月と宣告され、《私の神経は引き裂かれたと言うほかない。》状態となり、《以来果てしもない私自身の「死」をからめてあらゆる思索の手掛かりとなりはてて頭の中ががんじがらめとなり思考の半ば停止が茶飯とな》った死は、自己犠牲とは何の関係もありはしないだろう（『絶筆』所収、『死への道程』文藝春秋、二〇二二年、一二九頁）。

この手記は、死後に出版されたものだが、《出来得るものなれば私は私自身の死を私自身の手で慈しみながら死にたいものだ。》（一三二頁）という一節は、白鳥の最後の声と呼ぶにふさわしい。私は幸いにして未だ石原さんのその気持ちは実感できないが、それでも、あの石原さんが最後に叫んだ声なのだと、とてもよく実感ができる。

石原さんは、石原さんが表現し、世間が誤解したような人間ではなかったのだと、私は思っているのだ。

では、どういう？

それは、この本の中での石原さんとの交流での石原さんの立ち居振る舞いに自ずと現れている。江藤淳が若い石原さんのことを無意識過剰と形容したそうだが、私には石原さんは自分自身について誤解したまま一生を過ごし、死んだのではないかという気がしてならない。石原さんは、衆議院議員辞任の折の記者会見で、ディーゼル車規制を始め、都知事の仕事を一定程度積極的に評価する趣旨の発言をしている。しかし、石原さんの目指したところの政治の世界が都にあったとは、私はまったく思っていない。

国、である。国防と外交を対象として含む、主要国の首脳と対等に議論し、人類の運命を左右し、歴史を創造する国際政治の世界である。その舞台での日本のための闘いこそが、戦いに敗れて意気消沈したままでいる日本人に誇りを取り戻させることができる唯一の方法だ。そう信じていたと思う。

ところが日本人は、愚かにも石原さんにその席を与えなかった。

一二歳で敗戦を迎えた、いわば最後の日本人らしい日本人として、戦前の日本の良い部分を知る者として育ち、生き、若くして時代の寵児となった男。参議院選挙への出馬はそのシンデレラのような青年がお城に着いた場面だろう。しばらくは甘美な時間が過ぎていった。一九七五年には都知事選挙にすら出馬した。

しかし議院内閣制のもとにある国政はそうした石原さんの純粋な、崇高な思考とは別のロジックで動く生き物だった。自分の選挙ならば当選する。なんの心配もない。だが、総理大臣への道は、もがけばもがくほど、その身から遠ざかってゆく。一九八九年、五六歳のときに自民党総裁選に出馬して四八票を取った。それも、なんとも寝覚めの悪い、見果てぬ夢でしかない。

石原さんの真価を日本人が知るには、もう少し時間がかかるのだろう。意外に早いかもしれない。

以前私は、ド・ゴールに触れて、《将来、日米同盟が消える日が来たら、その時になって我々はうろたえ、周囲を見回すのだ。もうどこにも政治家の石原氏はいない。我々の涙は地に吸い込まれるほかない。石原慎太郎氏とは、そういう政治家だったのである。》（『身捨つるほどの祖国はありや』八一頁）と書いたことがあった。

今もその思いは変わらない。

どうやら、確かなことは、歴史は安倍晋三元総理をもっとも記憶するだろうということである。

すると、歴史は、石原慎太郎と三島由紀夫のどちらを記憶するだろうか？

第三章
私

八

「別れた女のことについて書くなんて、男のすることじゃないと思うよ。それってタブーだろ。第一、品がないじゃないか」

いつも石原さんのことを「なんて格好いい人なんだろう。グレンチェックのダブルがとっても似合うよね」と、半ば崇拝するように言っていた友人のT氏が、少し興醒めしたように電話の向こうでつぶやいた。

『「私」という男の生涯』を読んだのである。

その友人は、自らも、途方もない金持ちであった父親に中学入学の祝いとしてヨットを買ってもらい、森繁久彌がオーナーであった湘南の佐島マリーナに繋留していたという経歴の持ち主である。その二一フィートのヨットというのは、堀江謙一さんが太平洋を横断したものと同型だったという。本業のカーレーサーとしては日本一の栄冠に五回も輝いているうえ、日本人初のＦ１レーサーとなったという、その世界のレジェンドなのである。

確かに私も友人と同じように思わないではなかった。

二人であれはないよね、と一致したのは、過去に関係のあった、《町で以前親しかった幼馴染みと遭遇し求愛され、彼女は囲われ者でいるよりもその男との結婚を選んでしまったのだった。》（七〜八頁）と、石原さん自身が述懐している女性との後日談である。

囲われ者というのも古めかしい表現だが、囲っていたのはもちろん石原さんである。

《別れてから二年ほどして人伝《ひとづて》に二人だけで会いたいという連絡があり》（八頁）、石原さんはその女性と会ったのだという。

《夫が余所《よそ》に女をつくって浮気を続けているのが分かったと泣きながら打ち明けてき、その憂さを晴らすためにもう一度私を抱いてくれと。》

それで石原さんは、《言われるままそれに従いはしたが、久し振りに抱いた相手の体はもう薹《とう》が立ち、味気ないものでしかなかった。》（九頁）

友人は憤慨している。

「だって、その女性、たぶん未だ生きているんでしょう。あれはないよ。第一、石原さんは『私がリザーブしておいたホテルの部屋に彼女はやってきた』って書いてるじゃないか。ホテルの部屋をとっていたってことは、初めから石原さんはそのつもりだったってことじゃないの」

友人はどうにも我慢がならないらしい。

Yという「ホンコン生まれの女」と二人、東京駅にある喫茶店で話していたという石原さんには、苦笑を禁じ得ない。ときおり喧嘩はしながらも親しくしていた女性だったという。男性との性関係も石原さんが初めてだったとある（一九四頁）。

それが、突然ホンコンに帰ると言い出した。

石原さんは、彼女に《「君はこの俺が好きだったのではないのか」》（一八八頁）と咎めて質す。すると彼女は、いきなり滂沱と涙を流して、《「好きよ。この国の他のどんな男よりもあなたが好きよ」》と答える。

《「それなら何故だい」

「あなたがこの国の男の誰よりもわがままで芯が強いからよ。あなたみたいな男は、この国にはいないのよ」

「なら……」
「だから好きになってしまったのよ。でも、そんな自分が憎いのよ。このままだと私は絶対に幸せになれないと思うから離れていくことにしたの」》（一八九頁）
その女性が妊娠していて自宅の棚の荷物の片づけの作業の折に乗っていた脚立から落ちて流産した挿話が綴られる。もちろん、私は、処女作の『灰色の教室』で美知子というヒロインが流産してしまう原因になった場面を思い出さずにはいられない。
美知子は二階から階段を踏み外して転げ落ち、そのうえ自分の仕事用の切地の固い包みの端で下腹を打って流産してしまうのだ。
その二つの似た話に、ふっと、このYという女性の流産の話は本当なのだろうかと感じてしまう。感じてしまってから、いやまさか、たぶん本当に違いない、ここで虚構を織りまぜる理由などありはしないと考え直す。
喫茶店では、
《周りには客が立て込んでいて、私たちの様子を詮索して見直す他の客たちに気付いて、私は彼女を促して席を立ち、別の店を探して連れ込んだ。》（一九〇頁）
それはそうだろう。石原慎太郎である。その石原慎太郎が魅力的な若い女性となにやらいわくありげに話し込んでいるのだ。おまけに女性は涙まで流している。

その時の石原さんにとっては、ヨットレースのスタートが間近に迫るなかでのやりとりでもあった。

《私にはまだ彼女への未練があった。なんとか今この女を自分のために引き止めたいと願っていた。しかしその一方、間近に迫っているレースのスタートがあった。》

レースのスタートは午後二時。

《「何時の飛行機だって?」……

「六時のキャセイよ」》(同頁)

それにしても、と私の苦笑は少し大き目になる。

世間に広く知られた石原慎太郎という男、老年を迎えつつある男が、うら若い女性と人混みの東京駅の喫茶店で別れ話をしている。まわりは、話がなんであれ石原慎太郎という存在に興味津々である。しかも、石原慎太郎のすぐ目の前には、背の高い、気性の激しい女性が座って話し込んでいる。別れ話だとすぐに気取られてしまう。

だからと、店を変える。

そこには、青年の石原慎太郎がいる。

私の学生時代の経験でも、他の客のいる喫茶店の席で向かい合わせに座っている場で、目の前で涙を拭き声を忍んで泣く女性がいるとなると、その女性との話の中身よりも他人の好奇の視線が気になってくるものだ。まして石原慎太郎である。皆、ちらちらとしか目では追っていないふりをしてもダンボの耳になっている。

いったい、店を変わるとき、支払いは石原さんがしたのだろうか。例の、緊張したときの癖で目をパチパチと、レジの店員の前でしばたたかせながらだったのだろうか。私の苦笑が少し大きくならざるを得なかった所以である。

私は、その石原さんの自分への集中、自分の置かれた状況への没入を、なんとももの凄いことだと思わずにはいられない。天上天下唯我独尊。

結局、その女性は席を立ち、石原さんはヨットレースに出る。

《立ち去る彼女を見送りながら手元の時計を眺め、なんとかスタートに間に合いそうなのを確かめほっとし、そんな自分をもう一度確かめるように目をつぶってみた。そして自分を慰めるように「しかたねえよな」、呟いていた。》（二九一頁）

若かったころから数えることもできないほど同じようなことを重ねてきている。しかし、そのたびごとの、それぞれにある感慨の、それぞれに異なる瞬間。

結局、石原さんはレースに出るには出たが、《突然予期もしていなかった隠れ根にのし上げ、船全体が身震いするほどの衝撃があって激しく傾いた。》(一九二頁)

その時、《激しい衝突の瞬間、高い女の叫び声をはっきりと聞いたのだ。〝あれは誰の声だ。いや、あれは彼女の声に違いない〟と一人思った。そして何故か慌てて手元の時計を確かめてみた。時計の針は彼女の乗り込んだ飛行機が発っていった六時丁度を指していた。〝なるほどな〟と私は一人で思っていた。》(同頁)

石原さんは、そうしたことがこの世にあると信じている人だった。

《私は人間の想念なるものの力、そのエネルギーは認めている。……現に私の父は亡くなった時、父の結婚の媒酌をした、すでに高齢の婦人の家を訪れたそうな。彼女が父を家の離れの茶室に招くと父は帽子を脱いで縁先に座って挨拶し、彼女が茶を淹れに母屋に行き戻ってみたら、もうその姿が見えなかったらしい。彼女はその時父の急死を悟り私の家に電話し、東京に駆けつけ不在の母に代わって出た女中から父の急変を聞き取ったという。》(三三〇～三三一頁)と書いてもいるのだ。

《だから幽霊なるものは優にあり得るとも思う。》(三三一頁)とも。

「牛島さん、この世はね、所詮、男と女なんだよ」と一度ならず二度、三度と諭してくれた石原さん。アルコールの入っているときもあった。

「そうですか。石原さんが言われるのだから、きっとそうなんでしょうね。でも、私は、自分の小説には、個人と組織というものの絡みをいつも意識しているのです。個人が集まると組織になる。組織になってしまうと個人にはあり得なかったことが起きてくる。良いことも悪いことも。個人は組織のために人生を決定され縛られてしまう。その個人には、男性と女性がいる。そう思っているのです」

そう言った私に、石原さんははかばかしい答えをしなかった。

しかし、思いもかけず私の言った「それ」を思い知らされたのが、新銀行東京の試みだったのではないか。

《新銀行の破綻は大問題となり、これが潰れれば関係者一万余人の人生の破綻ともなり、立て直しのための追加出資四百億円を議会に了承させるために四苦八苦させられたものだった。都政に携わってから、あの時ほど懊悩《おうのう》させられたことはなかった。》（一八五～一八六頁）

そう書いている石原さんは、なんとも驚くべきことに、こう続ける。

《そんな時、私がある折に彼女に心中を語り、「こうなったら神仏に頼るしかありはしない」と漏らした言葉を捉えて、彼女が彼女なりに願をたてて事の安堵を祈願して、あなたのためにこれからふた月、毎日フルマラソンに近い四十キロを走ってみせると言い出した。》（一八六頁）

その女性とは、《東京都知事をしていた私は、東京の隠れた魅力を分かりやすく紹介するために、才人のテリー伊藤に頼んで》始めたテレビ番組の論文募集に応じた女性だったという（一七六〜一七七頁）。

「趣味が異常な犯罪への興味」だというその女性については、ああ、それで石原さんは『聖餐』（幻冬舎文庫、二〇〇二年）という、人を殺したあげく、内臓をすべて掻き出してしまうという、異様極まりない驚くべき作品を書いたのだなと、すぐにわかった。

その女性は走り過ぎが原因で大腿骨部に損傷を来した結果としての大手術をすることになる。それが、

《術後の苦痛たるや大層なもので、見舞いに行った海の仲間たちが思わず目を逸らすほどのものだった。しかもその最中に彼女は他の仲間を部屋から外させ、私にセックスをせがんできたりした。それが苦痛に苛まれている彼女のどれほどの救いになるのか分からぬまま、私はそれに応えてやりまでした。》（一八六頁）

いったいなんということか。都知事石原慎太郎の私的空間での隠された姿である。
ここを読んだ私は、『亀裂』の主人公で若い石原さんの分身である都築明なる男が、結核を病んでいた恋人と性行為に及ぶ場面を思い出していた。血を吐きながらも男に抱かれることを望んだ女性の話だ。
その、毎日四〇キロを走ったあげく大手術をして《裸になればその若い肉体の一番目立つ左の臀部に近い腰に、肉を切り裂いた大きな傷跡が残っている。》(一八六〜一八七頁)女性に、石原さんは、《この出来事の余韻として、私は彼女に強い原罪感を抱かぬわけにはいかなくなった。》(一八七頁)
彼女は彼女で、
《他ならぬ私のためにそれだけの犠牲を払ったために彼女の私への傾斜はますます激しいものになってきて、ある時、私と二人して沖縄に駆け落ちして私の子供を産むつもりだとまで言い出し、母親と妹にそう宣言して家を飛び出し、勝手に一人住まいを始めてしまったものだった。》(同頁)
さすがの石原さんも困ってしまったことだろう。でも、彼女の一人住まいの家賃は誰が払ったのだろう。

《すでにこの齢になったこの私が今更それに合わせての人生などありようもなく、私としては四十五も齢の離れた彼女からの情熱をまともに受け止めようもなく、願うことは彼女がいつか早くしかるべき若い佳き男と出会い愛し合い、彼女が私への妄想から外れて新しい人生を踏み出していくことを先立つ者として彼女のために願い祈るしかありはしない。》(同頁)

「若い佳き男と出会い愛し合い」とは、よくぞの表現である。そうした女性が以前実際にいて、その女性が結婚した後に頼まれて抱き、「薹が立った」と後に冷酷にも書いたのは石原さんではないか。

それにしても、その四五歳年下の女性は、今、どうしているのだろうか？

四五歳年下ということは石原さんの亡くなったときに四四歳だったことになる。

おや、すると新銀行東京の増資騒ぎがあったのは二〇〇八年のことだから、その時には三〇歳の女性だったということだ。石原さん七五歳。後期高齢者である。

それにしても、石原慎太郎という人は、なんとも女性を引きつけ、自らも惚れ込み、文字どおり抜き差しならない、人間同士の深い業の極みにまで錐《きり》もみしながら突っ込んでいくことのできる人、せずにはおれない業の深い人なのだと、つくづく感じ入らずにはおれない。

その人にしての、「この世は男と女なんだよ」という教えだったのかと、今更ながら思い返す。

そう言ったときの石原さんの言葉、声、表情は、むしろ淡々としたものだった。当たり前の、宇宙の摂理を悟った者が、自分にとってはごく当たり前に過ぎないことを、後から付いてくる無知な者に簡潔に説き聞かせるといった調子といったらよいだろうか。

もし、私が石原さんの今回の本、『「私」という男の生涯』に書かれたことについて知っていたら、少しはましな弟子になることができただろうか。それとも……。

石原さんは、《来世なるものをどうにも信じることが出来はしないのだ。》（三四〇頁）と言う。

しかし、そう言いながらも、《そうなのだ、虚無さえも実在するのだ。》として、やはり《私は人間の想念の力を疑いはしない。》（同頁）と自分に言い聞かせもする。

《私は……人間にとって不可知なるものの力を信じてはいるが、その認識は死後の来世なるものの存在にはどうにも繋がらない。その折り合いがどうにもつかぬままにいる。その苛立ち、その不安を何かがいつか解消してくれるのを願ってはいるが、結局それは

人間にとっての最後の未来、最後の謎である私自身の死でしか解決してくれぬことなのかもしれない。》（三四一頁）
そう現在について述べながら、そのすぐ後には、《この長たらしい懐旧も所詮、私自身へのなんの癒しにもなりはしなかったような気がするが。》と書いてみせ、《私の人生はなんの恩寵あってか、愚行も含めてかなり恵まれたものだったと思われる。だから、あの賀屋さんが言っていた通り死ぬのはやはりつまらない。》（同頁）と結ぶ。この本の最後の一行である。
え？　石原さん、想念を信じているんじゃなかったんですか、来世が信じられないといっても不可知なるものの力を信じているんじゃなかったんですか、と尋ねたくなる。石原さん、この本の冒頭近くでは、《忘却は嫌だ。何もかも覚えたまま、それを抱えきって死にたい。》（一一頁）って書いていたじゃないですか、と呼びかけたくなる。いつも私に「小説は情念だよ」とおっしゃっていたのは石原さんだったじゃないですか、と問い返したくなる。
《目を見開いて天井をみつめ苦しそうに荒い呼吸を繰り返してい》た石原さん（石原延啓

『父は最期まで「我」を貫いた』、月刊「文藝春秋」二〇二二年四月号、一〇三頁）は、最後に自分の過去をすべて抱きしめ、自分自身の死で最後の謎を解決し、遂に来世に旅立つ自分を実感することができたのだろうか。

わからない。

石原さんの意識は消滅した。

《消滅した意識が何を死後に形象化することだろうか。しかし私は人間の想念の力を疑いはしない。》（『「私」という男の生涯』三四〇頁）

石原さんは、今、こうしてパソコンのキーボードを叩いている私を見ている。そして、次の瞬間に私に電話をくれ、「牛島さん久しぶり。石原です。お邪魔してもいいかな。あいかわらずだね。忙しいばかりだね」と、あの特上の笑顔を電話器の向こうできっと見せてくれようとしている。ふっとそんな気がする。

ついでに。

以上のとおり、私は石原慎太郎さんのことを考えながら、最近読んだ別の本のことを思い出してもいた。

『鷗外　青春診療録控』（山崎光夫、中央公論新社、二〇二一年）という。

鷗外の『カズイスチカ』という短編小説、東大の医学部を出て陸軍に出仕するまでの数か月間、父親の橘井堂という医院を手伝っていたときの思い出を綴ったその短編などをもとにした作品だ。

そこに「生理的腫瘍」という話が出てくる。要するに妊娠のことである。子がなくて夫に別れてから、裁縫をして一人で暮らしている女性が患者である。腹腔内に水がたまったので水を取ってもらう話になったところが、どうも堅いから癌かもしれないということで他の医者は針を刺してくれなかったと言って、鷗外の父親の医院を訪れたのである。

それが、なんのことはない、妊娠していたに過ぎないという話なのだが、独り暮らしの女性なので、そんなことを誰も疑わなかったというのだ。

《「……まあ、套管針《たうくわんしん》なんぞを立てられなくて為合《しあは》せだつた。」》(『森鷗外全集第二巻』筑摩書房、一九六五年、一二三頁)と若き鷗外が診断する。

《此女の家の門口に懸かつてゐる「御仕立物」とお家流《いへりう》で書いた看板の下を潜って、若い小学教員が一人度々出入をしてゐたといふことが、後になつて評判せられた。》(同頁)と結ばれている。

これも男と女の話だな、と私は石原さんの『「私」という男の生涯』を読んだ後だけに、改めて思うのである。

人気作家で参議院議員、次いで衆議院議員、都知事の男も男なら、小学教員も男ということである。

九

石原さんが入院中の私を見舞ってくれたことがある。

二〇〇五年の二月初めだった。入院したのは二月の三日から七日までの五日間で、手術をしたのが四日の金曜日だったから、たぶんその直後の土日のどちらかだったのだろう。もっとも私には曜日の感覚はまったくなかったのだが。

場所は信濃町にある慶應義塾大学病院の五階の病室だった。私はそこで胆のうを取り去る手術を受けたのである。

突然の見舞いだった。見城さんと一緒だった。見城さんには予め入院の話をする機会があったのだろう。

それにしても、二人しての病室への直接の訪問だったから、事前に見城さんから問い合わせの電話があったとしか考えられない。未だガラケーの時代だった。その電話で、私が病室の番号を知らせたのだろうか。その電話のときまでは石原さんが見えるという話は聞いていなかったから、見城さんの電話に私は少なからず驚いたはずだ。しかし、手術して未だ間もない私は、ぼんやりしていたに違いない。

それにしても、私を都知事だった石原さんがどうしてわざわざ見舞ってくれたのだろうか。私に一日も早く芥川賞を取って欲しい、だから早く治って、とにかくさっさと小説を書けよ、こっちは期待しているんだから、との激励だったということなのか。どうもわからない。

慶應病院での私の病室は、石原裕次郎の入院していたのと同じフロアだった。私は、慶應病院への入院が決まったとき、すぐに一切の世話をしてくれたM医師に、「裕次郎の入院した部屋にしてください」と頼んだ。

しばらくして、M医師に「いや、あの部屋はふさがっているので、その下の部屋にする」と言われた。

どうも私は「下にする」と言われたので、うかつなことだが、最近まで裕次郎の入院した病室の一階下のフロアに入ったものと思い込んでいた。ところが、これを書くので

M医師に改めて確認してみると、同じフロアだということだった。「なに、裕次郎のいた部屋はあなたの入院していたのと同じフロアですぐ近くだよ」と教えられたのだ。だから、石原さんはその同じフロアにある病室に私を見舞ってくれたことになる。どんな思いだったろうか。

石原さんは書いている。

《新築されたばかりの病棟の奥の部屋は表通りに面していて、大きな窓からの光量が多すぎるためにいつもベネッシャンのブラインドが下ろされていた》(『弟』幻冬舎文庫、一九九九年、四一一頁)と描かれた部屋は、私の入院していた部屋のすぐ横だったのだ。《仲間への義理を果たしてまた飛ぶようにして病院に戻った。》(四一三頁)とも石原さんは書いている。あの部屋に戻ったということだ。

それにしても、まことにうかつ千万なことだが、私は今回石原さんが私の病気見舞いをしてくれたことを書き始めるまで、私のいた病室、石原さんが見舞ってくれた病室が、実は石原さんにとって人生の決定的な思いの凝縮した場所だったということにまったく気づかないでいた。なんということだろう。

私がその部屋に入院したのは、胆のうを取り去るための手術をする目的だった。

前年から胃の痛みがひどかったので、当時かかりつけだったT医師のところに行って相談して検査を受けた。すると肝臓のγ－GTPの値が極端に高いと深刻な顔をして言う。さっそく本格的な検査をすることになった。検査の結果は、胆石ができているということだった。そう宣告されてみると、思い当たることばかりだった。美食と美酒、または暴飲暴食。

だが、私は決して料理やお酒を愉しんでいたわけではない。私にしてみれば、仕事に絡んでのやむを得ざる食事と酒だったのだ。現に、今の私は一滴も酒を飲まず、ほんの少しも美味しい食べ物を追わない。

胆石だけではなく、その胆石のできている胆のう全体を取り去るというT医師に、私は、「胆石を衝撃波で破壊してください。今はそうするっていうじゃないですか。石が取れればそれでいいんですから」と反論した。するとT医師はこともなげに、「いや、胆のうごと取らなきゃならないんですよ」と答える。私が、「いや胆石だけ取ってもらえばいいんですから。よく、電波か何かの焦点を身体の中にできた石に当てて、そこで強い電圧をかけるとかして壊してしまうっていうじゃないですか。その方法がいいんじゃないですか」と重ねて尋ねると、

「あ、それは違うんです。胆石ではそれはできないですよ。その方法は尿管結石の場合で、胆石のときは胆のうごと取り去るのが当たり前なんです」

とのたまった。素人の私としては、「はあ、そうなんですか」と言うしかなく、入院して胆のうを切除することとあいなったのである。

その時点ではT医師の親しい虎の門病院での手術を予定していた。予め、身勝手な睡眠のスケジュールで暮らしている我が身を振り返って、ぜひにと個室を頼んであった。ところが、入院の直前になって、それも執刀医もT医師のご紹介で優れた医師に決まった後になってから、突然個室が取れるかどうかわからないとT医師が言い出したのだ。虎の門病院は個室の予約を前もって確定するわけにはいかず、入院してから初めて個室と決まるのだという話だった。

私は困ってしまった。当時五五歳。それまでの人生で入院というものをしたことなど一度もなかった。毎日の夜の自分独りの時間は本人なりに掛替えのない大事な時間で、誰の、どんな制約を受けることもなく、眠くなるまで本を読んだり原稿を書いたりするのはもちろん、真夜中に目が醒めればベッドに横になったまま電気だけを点けてまた本を読んだり、気分によってはやおら起き上がって原稿を書き継いだりしてといった生活をしていたのだ。

そんな人間が、何人かが共同の病室に入ってしまっては、同室の患者さんたちに迷惑をかけるに決まっている。私も困る。だから、私には個室以外の病室に入ることは想像することもできなかった。

個室とは限りませんと言われて、私はハタと困ってしまった。とにかく、虎の門病院への入院は延ばしてもらい、親しい友人のT氏に相談した。

その友人とは長い付き合いで、私の生活ぶりは良い点も悪い点もよく承知してくれている間柄だ。

私の話を聞いたT氏は、そいつは困った事態だねと大いに同情してくれ、とにかくM医師が頼りになるから一度会ってみろと、親切にも私をM医師の西新宿のクリニックに同道のうえ紹介してくれた。友人のT氏は長い間、M医師のところに通っていてとても頼りになる先生だと言ってくれたのだ。

さっそく、M医師は、T氏の紹介もあって、私のような我がままな病人の話を丁寧に聞いてくれすぐに了解してくれた。

「わかりました。それなら慶應病院を紹介しますから、そこで手術を受けたらいいですよ。良い先生がいますし、慶應病院なら私が個室を必ず確保してあげます。安心してください」と言われた。大船に乗った気分になった私は、そのとき調子に乗って、「慶應病院なら、あの、裕次郎が入っていた部屋があるでしょう、あの部屋がいいですね。ぜひその部屋をお願いします」と頼んだのだ。

「確認してみましょう」とM医師は冷静に請け合ってくれ、私はすっかり裕次郎の入院していた部屋で胆のうの除去手術を受けるつもりになっていた。

ところがすぐに、「あの部屋は別の人でふさがっています」とのご回答だった。

「でも、裕次郎の入っていた部屋のすぐ下の部屋が取れますから、そちらでいいでしょう」と言われ、私は残念だったが、どうにもならないことだからと納得して手配をお願いした。

第一、考えてみれば大事なのは手術なのであって病室ではないのだから、一も二もなかった。石原裕次郎の部屋のすぐ下の部屋が大丈夫だとのこと。私なぞにはもったいないくらいであった。

入院が決まって、部屋を下見に行った。すると、ベッドが細長く、小さい。

私は案内してくれたM医師と慶應大学病院長のK教授に、

「お世話になり、ありがとうございます。でも、申し訳ないのですが、私はダブル以外のベッドには、ここ二十年来、一晩だって寝たことがないんです。もちろん一人で寝るんですが、ベッドはどんなときでも、海外に出かけたときも国内での出張のときも、例外なくダブルなんです。あのベッド、なんとも小さいですよね。きっと私は眠れないと思います。そんなこと、とお笑いになるかもしれませんが、これで私は真剣なんです。眠りには過度に神経質なんです。今からでも、夜中一睡もできない自分が想像できます。どうかお願いですから、ベッドをダブルにしてください」

私は、目の前のK教授に頼んだ。隣にはM医師がいて困った顔をしている。

「いや、そういうものはこの病院にはありません」とK教授。おかしなことを言う人がいるものだとあきれ顔である。今考えてみても、汗顔のいたりである。そもそも慶應病院ほどの大病院で院長である教授と直接話すだけでも、普通にはあり得ないことに決まっている。M医師がK教授に紹介してくださったおかげなのだ。

私は隣に座っているM医師に向かって頼んだ。

「M先生、先生からもお願いしてください。一切の費用は私が負担します。病院には決してご迷惑をかけませんから」

目の前に座っているK教授は、「いや、それはできません」の一点張り。M医師も、私に向かって、「そりゃあ無理だよ、牛島先生」となだめにかかる。

私も必死だった。私は五五歳になるまで入院どころか骨を折ったこともないのだ。生まれて初めての入院は自分にとっては大事件なのだ。風邪を引いたことはあっても、熱を出したことはあっても、怪我でも病気でも病院に泊ったことなど一度もない。私は、直前に見てきたばかりの、心細いほど細長いベッドの光景を思い出しながら、手術の後、そのベッドに運ばれて、そのうち麻酔が覚めて横になっている自分に気づく。そしたら、すぐに、見慣れない、細長いベッドに転がっている自分を発見する。きっと一晩中眠ることなどできるわけがない。私は睡眠については他人には思いもよらないほど過敏なのだ。絶対に一睡もできないに決まっている。恐怖に近い気持ちで一杯だった。

すると、突然、M医師が、「牛島先生、入院していると患者の身体を移動させるために、ベッドの両側から看護師さん二人がかりで患者の身体を持ち上げなきゃならないことがあるんですよ。だから、幅が広いベッドではそういう作業ができないんですからね。あの幅じゃないとダメなんです」と説明してくれた。

なあんだ、である。それならそうと、初めっから言ってくれればいいのに、と私はダブルベッドの話を慌てて引っ込めた。

後で聞けば、K教授は、「いったいあの人は何者なんですか」とM医師に尋ねたらしい。ただの一介の弁護士が、天下の慶應大学病院長教授にとんでもないご迷惑をかけてしまった。なんともお粗末な一幕であった。

その、何者なんですかと問われてもなんとも答えようもないただの弁護士の入院している部屋を、東京都知事がじきじきに見舞った、という事件が起きたという次第になってしまったのだ。

愚かな頼みをした弁護士が「何者」からしいことが、すぐに慶應病院中に知れ渡ってしまったに違いない。なにしろ、なんと都知事の石原慎太郎さんが弁護士である患者をわざわざ自ら見舞いに訪れたのだ。

私は手術が終わり、未だ尿道にカテーテルを挿し込んだままの状態だった。経験のある方ならすぐにわかるだろう。例の、尿意の大いにあるような、しかし出るものは一滴もない状態で苦しんでいたときだった。私は、未だ麻酔の効果でか、心身ともぼーっとしているところだった。石原さんが病気見舞いに来てくださったことに大いに恐縮しつつも、なんだか現実感のないやりとりしかできなかった。

たぶん、石原さんは「気分はいかがですか」といった類のことを言われたのだろう。いつも丁寧な方だから、そういうふうに話しかけられたに違いない。しかし、さすがに私は覚えていない。

その前に、一緒に見えた見城さんから電話をもらっていたのだろうが、手術の前ではなかった。お見舞いに見えた当日のご連絡だったのだろう。

ただ、石原さんが見城さんに、「未だ大変そうだから、長居をしない方がよさそうだね」という趣旨のことを言われたような気がする。石原さんらしい配慮だ。とても繊細で細やかな方なのだ。見城さんも「そうですね」と言ったということだっただろう。

私は茫然として迎え、茫然としたまま見送った。その間一五分だろうか三〇分だろうか。私には、「ベッドに横になったままで失礼します」とお詫びを申し上げるのが精いっぱいだった。

今になって考える。

石原さんにとってあそこは特別の場所、特別のフロアだった。一九八七年七月一七日、弟の裕次郎さんが亡くなった慶應病院の特別病棟の同じフロアの病室。そこは私の病室のすぐ隣だったのだ。石原さんにとって一八年前に、人生の決定的な重大事のあったところだった。

　石原さんは、慶應病院までの車の中、車を降りて病院の玄関を入り、一歩々々歩きながら、エレベータの扉の開くのを待つ間、エレベータがゆっくりと上昇する時間、そして一八年前に来たのと同じフロアに着いてドアの開くゆっくりとした動き。そのドアの開き切るのを待たずに、長い廊下を歩いて私の病室に着くまでの一連の時間の流れ。いったい、どんな思いが石原さんの胸に、脳裏に浮かんだことか。

　なんということか、私はほんの少しも一八年前に石原さんに起きたことを考えもしなかったのだ。

　石原さんが、そのただ一人の弟の死の間際に、《「先生、まだ心臓は動いている」》と言った部屋（四一六〜四一七頁）。

《なぜか私は、弟の死についてはこの私こそがその瞬間を正しく彼等に告げてやらなくてはならぬような気がしていた。》がゆえに、《傍らの計器に目を配りながらも、まき子夫人を押し退けるようにしてベッドににじり寄り、顔が触れるほどの間近さで弟の顔を見つめていた。》場所。《喘ぎに喘ぎ闘い続けてきた弟の苦しげな表情が次第にゆるんで、そしてある瞬間に今までとははっきりと異なる、信じられぬほど穏やかに安らいだ表情が弟の面を覆っていったのだった。》と確認し、その顔を《死とか喪失などではなしに、弟が新しく獲得したものの証しだった。》（以上、同頁）と信じきれた瞬間のあったところ。

そういえば、石原さんが『弟』を出されたのは一九九六年七月のことだ。私が石原さんに初めてお会いする二年前だった。私が病室で、哀れな入院患者としてお会いする九年前のことになる。

細長いベッドに力なく上を向いて横たわっている私を上から眺め、凝視しながら、石原さんは一八年前の一瞬を思い出していたのかもしれない。裕次郎に比べれば身体の小さい男の寝姿ではあっても、同じ場所なのだ。石原さん自身、同じ動きをして、玄関から病室まで移動したのだ。

私はそのことに少しも気づかなかった。うかつといえばうかつ、愚かさにも程があると、今にして思う。今回、石原慎太郎さんが亡くなられて石原さんとの私的な思い出について綴り始めて、改めて石原さんが入院中の私を見舞ってくれたことを思い返し、そうだ、あれは裕次郎さんについての記憶の溢れた場所の再訪だったのだ、と初めて気がついた。バカな弟子だった。なんとも申し訳ないことだった。

それにしても石原さんはなぜ私の病気見舞いをしてくれたのだろうか。当時、石原さん七二歳。今の私の年齢だ。私だったら、ごく親しい友人から、ある共通の知り合いが病気で入院していると聞いたとして、どんな知り合いだったらわざわざ見舞いに出かける気になるだろうか。あまり思いつかない。それとも、石原さんはその知り合いの男の入院先がたまたま慶應病院と聞いて、弟の裕次郎さんのことを思い出し、一八年前に弟が死んだ場所をもう一度訪ねてみようと思いついたのだろうか。

これまでは、見城さんが石原さんを誘ったのだろうと頭から思い込んでいた。しかし、今回改めて考えてみて、そうではなく、見城さんから私が慶應病院に入院していると聞いて、よし見舞ってやろうじゃないかと石原さんの方から言い出したような気がしてきた。そうではないか。見城さんも忙しい方なのだ。私などを見舞っている暇があるとも思えない。私にこだわる理由があるとすれば、それがどんな理由であれ、石原さんの方にしかあり得ない。

それにしても私にとっては、意外千万の見舞いだった。石原さんの酔興だったということなのだろうか。

「酔興」という言葉は、石原さんが私に繰り返し教えてくれた言葉だ。文学は酔興なんだ。それがなくては小説なんぞ書けないよ、と。

それでは、石原さんは私の病気、それも胆のうを取るといった程度の入院を見舞うことで、自ら酔興を演じてみせ、私に酔興とはどんなものかをわからせようとしてくれたのだろうか。

そうかもしれない。それならそれで、やっと私を突然に見舞ってくれたわけがわかるような気がする。まことに石原さんは私にとって文学の師だったのだ。

そういえば、石原さんはもちろん私のこともよく知っている見城さんが、あの天才編集者と自他ともに認めている見城さんが、「とにかく、石原さんとあなたとは作家同士だからね。石原さんがあなたにこだわるのは、そういう、作家同士にしかわからない本能的な何かがあるんじゃないのかな」と言ってくれたことがあった。

大作家石原慎太郎が、後輩の途上作家を、因縁の病室に見舞ったとでもいったことであったのだろう。なんということだろうか。私はここでも、石原さんの恩に応えることをしないままにうかうかと過ごしてしまったようだ。

十

石原さんについて世間が抱いている印象は、その真実の姿とまったく違う。『太陽の季節』を書いた人ではあっても、その次に『冷たい顔』を書くことのできる人なのだ。実は、石原さんは、「忍ぶ恋」こそが本物の恋と、われと我が心のなかで憧れていたのではないか。

こんなやり取りがあったことがある。

「城山三郎にあなたのこと話してやったよ。『あんたは牛島さんに比べて一〇〇〇分の一も知らないさ。それに、もう書き尽くしちゃっていて、なんにも残ってないだろう』と言ってやったんだ。もともと人間が描けない男なんだ」

石原さんが、二〇〇五年一二月三一日の昼〇時一三分から一時〇一分の間、五〇分の長い電話の最後に放った言葉だ。
城山三郎氏がもう枯れてしまっている、という話はお会いしたときにも何回かうかがったことがあった。私にとっては、城山三郎といえばなんといっても『乗取り』の著者で、尊敬する作家の一人だった。今調べてみると、石原さんよりも五歳年上だが、小説家としては石原さんの二年後に文學界新人賞を受賞されていて、後輩ということのようだ。
私は、私にとって最初の小説である『株主総会』のあとがきで城山三郎に触れている。《「乗取り」という城山三郎さんの小説を読んだ経験がなければ、私はこうしたことが小説に仕上げられるのだとは夢にも思いもしなかったろうと思う。》(一九九頁)
『乗取り』の主人公で、横井英樹氏をモデルとした青井文麿がキャデラックを運転して地方銀行である関東銀行の頭取を歓迎すべく空港に向かう場面など、とても興味津々で読んだものだった。キャデラックといっても、城山三郎が『乗取り』を書いたのは一九六〇年、昭和三五年のことだ。モデルとなった白木屋乗っ取り事件そのものは、一九五三年から一九五六年にわたって敢行された乗っ取り劇だった。したがって、そのころのキャデラックは今のキャデラックではない。ロールスロイスでなければマイバッハといったところか。しかし、未だ大衆が車を持つ時代ですらなかったことを勘定に入れれば、ビジネス用のヘリコプターといった感覚だろうか。

『乗取り』の中で、主人公は乗っ取り資金を出してもらおうと、関東銀行という名の地方銀行の頭取が飛行機で札幌出張から羽田に降り立つところを狙う（なお関東銀行は実在の関東銀行とはなんの関係もないとの断り書きが末尾にある。城山三郎は関東銀行が実在すると知らないで書いたのだろうか。なんとも不思議である）。

自分の秘書になりたての若い美人に大きな花束を持たせて出迎えるのだ。小説の設定では、飛行機の到着が三〇分早くなったのを迎えの関東銀行の人たちが知らないのを利用して、主人公の青井文麿は先に迎えに行くのだ。そして権藤頭取を自分の車、キャデラックに乗せる。「頭取、頭取」を繰り返せと予め秘書に指示しておくあたりも、なかなか読ませた。

《これという貸出先もないのに預金だけは豊かに抱えこんだ地方銀行の頭取は、その点、都市銀行の頭取より大事にされた一時期があった。》（『城山三郎全集第7巻』所収、『乗取り』新潮社、一九八〇年、二三二頁）

なんとも大昔の話である。

って嘆いてるんだよ」

「城山はね、『石原さん、あんたはいいなあ。政治家やってるから、いろんな経験ができるだろう』なんて言うんだ。まったく、自分にはもう書くことがなくなってしまった

って嘆いてるんだよ」

そう石原さんに聞かされたこともあった。

城山三郎が亡くなったのは二〇〇七年の三月のことだ。私が電話で石原さんと会話してから一年と三か月しか経っていない。城山三郎七九歳。

私は城山三郎氏と面識があったわけでもない。石原さんから城山三郎氏の「悪口」もどきを聞いて、へえそんなものなのかと思ったくらいのことに過ぎない。城山三郎の作品のほとんど、たとえば『毎日が日曜日』も読んでいたし、もちろん『総会屋錦城』は熟読していた。書くことがなくなったとすれば、取材して書く人という方々は、年齢とともに取材意欲が低下した結果そうなってしまうものなのかもしれない。

私の場合は、ある意味で毎日の仕事そのものが取材対象であり自分自身がいつも現場にいるのだから、城山三郎氏について石原さんに彼も枯れてしまってねと聞かされても、あまり実感がなかったのだろうと思う。

今でも同じことである。私は依頼者のために働く弁護士だから、依頼者が次々と代わ

り、それにしたがって世の中の新しい情報、環境に接するのが当たり前なのだ。

それにしても、二〇〇五年の年末も年末、大晦日に石原さんはどうして私に電話してきたのだろうか。

「西脇建設が土地を抱えるんだ。プロジェクトが中止になっちゃってね」と切り出した後で、

「締め切りが迫ってててね、困っているんだ」

ということで、知恵を貸してくれという電話だった。

私は、「それなら、プロジェクトに絡んでいる銀行の頭取が知らないってことはありませんよ。頭取には連絡が行っているはずです」と絵解きすると、

「わかった。で、プロジェクトの中止でどうして銀行が動くことになるかだな」

というやり取りだった。石原さんはなんらかのインスピレーションを得られたのだろう。

たぶん、後に『火の島』という表題の小説になった作品のプロット作りをお話しされていたのだ。

電話での話は、いつの間にか都政のことに移っていった。「フライングするなと言っていたのに、あいつが」という、どうやら微妙な、込み入った話になっていった。「浜渦」「鈴木」「松下」「美濃部」「藤井」「内田」「松沢」といった名前が、次々と飛び出してきた。あげくには特捜部という言葉まで出てきたが、聞いている私にはなんの話かも全然わからない。

そんな話を一方的にしばらく続けたかと思うと、石原さんは突然、

「あなたは、事件とか経済界のこととかいっぱい知識があるけど、それを念頭に置かずに、いきなり恋愛を書けよ」

とおっしゃった。

そもそも、石原さんは私と政治の話をすることはほとんどなかったのだ。それは、石原さんは私との時間を自分にとっての特別の時間、私という人間を自分のもっとも大事な部分にかかわる人間だと位置づけていたということなのだろうと思う。

「上司と秘書でもいい。背景が大きければ大きいほどいい。そうだ、心中になってしまうっていうのも面白いな。女の名前、そうだあやこっていうのはどうだ？」

と話が進んでいく。

「上司と部下でもいいんだよ。あなたの中では、人間としての感情が二の次になっているんじゃないか。会社の細かいことを一度捨てないとダメだよ。そうしないと、限られた数の人間はいいなと思ってくれても、たくさんの人々は読んでくれはしない。読者の読みたいのは、恋愛なんだよ、恋愛！」

と言われてしまった。

「『天の夕顔』って本、確か新潮文庫に入っているから、それ読んでごらん」

そう言われて、私は、わかりましたと即答してから、

「ところで、石原さんが賀屋興宣さんの官報を通じての恋について書かれた、あの小説はいいですね」

と申し上げた。不思議な偶然だが、その時私は未だ『天の夕顔』という作品を読んでおらず、後になって知ったことだが、この二つの小説は内容がなんとも共通している。何十年にわたる長い期間、人妻との、そして結局は成就しなかった恋、である。

私は、その賀屋興宣さんにかかわる石原さんの『公人』という小説を以前に読んでいた。その時から素晴らしい作品だと思っていたので、恋愛が話題になったのを機会に話したのだった。

ところが、石原さんは、どういうわけか言下に、

「ああいうのはダメ！」とぴしゃりと言われた。

今思い返しても不思議な気がする。

『天の夕顔』という作品は、私は題名しか知らないでいたが、長い間にわたっての、人妻との、プラトニックな恋愛を描いた作品なのだ。一九三八年に中河与一によって書かれ、欧米でも世評が高いという。

それにしても、石原さん自身の『公人』という小説について、「ああいうのはダメ！」と石原さんが言ったのは、いったいなんだったのだろうか。自慢の作品ではなかったのか。

私は、石原さんに言われてさっそく新潮文庫の『天の夕顔』を手に入れ、二〇〇六年の一月二二日には読み上げた。しかし、読んではみたが、なぜあの石原さんがあんなふうに私に強く薦めるのか、解しかねるという気しかしなかった。

年上の人妻との二〇年を超えるプラトニックな恋。

それは、およそ『太陽の季節』の石原さんの反対側にあるお話ではないか。

石原さんは、そのすぐ後で、

「プロがよくわかっていることについて書くのはやさしいさ。でも、あなたの場合、そ

れだけじゃなくて、自分が新しい恋愛をするつもりで書かなきゃ。あなたは凄腕の弁護士だろうけど、そんなことじゃなくってさ」

そこで一度言葉を切ると、石原さんは、

「弁護士でもない、ひたすら企業に精進する辣腕《らつわん》弁護士といううんじゃない、自分で自分のことを『バカな男だなあ』って思いながらもどうにもならないっていう、そういう恋愛だよ」

と一気に言い切ってから、

「『天の夕顔』だよ、『天の夕顔』！」

と繰り返した。

そして、どうしたのか、「伊藤左千夫の『野菊の墓』はもうないんだよ」と悲痛さを押し殺したような声でつぶやいた。

私は『天の夕顔』がどんな小説かは知らないで話をしていたのだが、もちろん『野菊の墓』は知っていた。『天の夕顔』は題名からしても、きっと『野菊の墓』と同じような、夢のような、淡い恋愛を描いた作品なのだろうか、などと想像していた。

石原さんが亡くなった今となって、私はこんなふうに考えている。

石原さんは、『「私」という男の生涯』の中で、高峰三枝子について書いている。一九五六年に封切られた、石原慎太郎原作、主演の『日蝕の夏』の《不良の主人公を拾い上げてくれる年上の成熟した女性》の役に、《当時離婚したばかりの、喉を痛めて歌や映画から遠ざかっていた高峰三枝子さんという高望み》(一一九頁)をしたというくだりだ。

その話は、《なんと私があの高峰さんに口説かれたのだった。》(一二〇頁)と続く。

私は、この石原さん自身高く評価していない『日蝕の夏』という作品が、大学生のときに一読して以来、とても好きだった。父親の車の部品を外して、事故死させるという設定がひどく刺激的だったのを覚えている。

高峰三枝子の私邸に招かれ、翌々日のラブシーンの段取りについて考えたことがあるので相談に乗って、と高峰三枝子に誘われたのだと石原さんは言う。

《「ラブシーンの稽古だから、よかったら私の寝室でいかが」ということで二階の寝室に上がっていった。そこのベッドの上で「私の考えた段取りは、こうして私があなたの腕をとって引き寄せ、その指を軽く嚙んで」云々、という段になって気が付いたのだ。》(同頁)

これは、八〇歳を超えた石原さんが昔を思い出して書いていることだ。

《これは逆だ、順が違う。男が女を口説くのが順だということで、私はおずおずと身を引いたのだった。

この今になってみれば慚愧《ざんき》に堪えぬというか、馬鹿で愚かしいというか、あの時の彼女はまさに女盛りの、一人の女として絶頂期にあった。くだらぬ男の沽券でみすみす長蛇を逸した自分を後でどれほど呪ったことだったろうか。》(同頁〜一二一頁)

これは、石原さんが意識して書いたのかどうかはわからないが、私には、石原さんの本質が見事なまでに露呈していると思えてならない。

実は、『天の夕顔』は、一九四八年に新東宝によって映画化されている。石原さんが一五、六歳のころ。たぶん、と私は想像する。石原さんが高校を休学していたころのこと。石原さんはその映画を観ている。なんと、その映画の、主人公の男よりも七歳年上のヒロインを高峰三枝子が演じているのだ。実際には、彼女は石原さんよりも一四歳年上だから三〇歳のころということになる。

『「私」という男の生涯』には、『天の夕顔』もその映画のことも出てこない。その代わりに、自作自演の映画、『日蝕の夏』の稽古で高峰三枝子とすれ違った話が書かれているというわけだ。

そういう人なのだ。純粋で、恥ずかしがりで、何ごとにも後ずさりせずにおれない人。それが、『太陽の季節』でデビューしたばかりに太陽族の頭目にされてしまい、自分でもそれを演じているうちに、本当の自分を見失ってしまった。それから先のほとんどすべて、長い残りの人生を『太陽の季節』の作者として生きるべく運命づけられてしまった。

心の奥底では、プラトニックな恋愛を、叶わぬ恋を一番素晴らしいものとして心に抱き続けていた人。「忍ぶ恋」こそが本物の恋と、われと我が心のなかで憧れていたのではないか。たぶん、石原夫人はその間の事情をよく知っていたに違いない。

それにしても、石原さんは、どうしてこの私にそんな秘めた話の断片をせずにおれなかったのか。

次の電話は、一週間後だった。二〇〇六年の一月七日に午後三時一四分から三二分間。やはり後に『火の島』になった小説のストーリーの話だった。

「あなたに前回教えてもらってね、考えたんだ。こんなのはどうだろう。主人公が銀行の頭取を、銀行の不良債権のことで脅すんだ。『私の言うとおりにやれば、うまく処理できますよ。あんたなら頭取なんだ、鶴の一声で決められるじゃないか。新しい会社を作るんだよ』ってね。どうだろう？」

　私は、

「面白くなってきましたね。でも、問題はどんな具体的中身をその新しい会社で実行するかですね」

　と答えたような気がする。

　すると石原さんは上機嫌で、

「小説ってのはね、たとえば手袋を引っ繰り返すとかいうちょっとした仕草が大事なんだよ。話が少し横に飛んだっていいんだ」

　と文章術を授けてくれた。

「牛島さん。恋愛だよ、恋愛。石原にそう言われたけど、所詮、自分の書く恋愛は砂漠に咲いた花にしかならないんだ、って言うのなら、それでいいんだよ、それがいいんだよ」

　とまで手ほどきしてくれた。

　実は、この石原さんと彼の『火の島』のためのやりとりは、二〇〇二年五月一〇日には始まっていた。

第四章
詩

十一

石原さんとは、何度も食事をご一緒したことがある。『シティ・クラブ・オブ・トーキョー』ではランチだったが、夕食のことがほとんどだった。

東麻布にある『富麗華』での夕食が最初にご一緒した食事だったか。見城さんが二人を招いてくださったのだった。あれが石原さんに初めてお会いしたときだったか。それなら、以前に書いている、ナタナエルの二つ目のナをニュと手書きで訂正してくださったのはそこでだったことになる。

ところが、改めて調べてみると、石原さんとの最初の出逢いは『シティ・クラブ・オブ・トーキョー』だったようだ。だから、「ナタニュエル」とわざわざ訂正してくださったのは、そのレストランでだったことになる。

その時だったか、その後でだったか、石原さんは私のことを「牛島さんてチャーミングだよね」と誉めてくれたことがある。私は自分がチャーミングだと考えたことはなかったから、少し不思議な気がしたものだった。石原さんに、どうしてそう見えたのか。理由はともあれ、その「チャーミング」という言葉は石原さんの口から、なんどもなんども出てきた。

それから一〇年近く後のこと、銀座の『菊川』という店にお誘いいただいたときには、新潮社の名編集者として名高かった坂本忠雄さんとの三人の席だった。石原さんが坂本さんを私に紹介したいということでお誘いくださったのだったか。それとも、坂本さんがお見えになるとは私は予め知らずにいたことだったのか。

お二人は、二〇一九年に『昔は面白かったな　回想の文壇交友録』という本を出しておられる。新潮新書だった。

今調べてみると、坂本さんは一九三五年のお生まれの方のようだが、その時には一九三二年と一九三五年の三年間の違いについては、気にも留めていなかったので、年齢のことは何もお話ししていない。

私が、その三年間の違いの重要性に気づいたのは、最近『日本の生き残る道　企業統治が我が国を救う』（二〇一二年）を幻冬舎から出していただく際に、「まえがき」を綴り、その折に、平川祐弘先生と石原さんがそれぞれ一九三一年生まれと一九三二年生まれの一歳違いで、どちらも戦争に負ける以前の日本を一三歳以前に知っている方々なのだと意識してからだ。

一三歳が自己確立について重要な年齢であることは、心理学の本で読んだことがあった。

『日本の生き残る道』の「まえがき」の中で、私は一三歳の石原さんについて、《「既に、その年齢で、石原さんのアイデンティティの一部としての、誇り高い祖国としての日本が確立していたのである」》（五頁）

と書いた。

その後に、平川祐弘先生、石原さん、そして大江健三郎氏、寺山修司についての感想が加わる。

銀座にあったその『菊川』という店で夕食をご一緒したのは、二〇〇七年一〇月四日のことだった。木曜日だった。

その月の二日の午後一時五四分に、ファックスで店の所在場所のご案内をいただいた。

中央区銀座六‐四‐一二と住所に電話番号まで入ったファックスだったが、どういうわけか、カフェ25とかリムとかレストラン高松といった名が、ファックスで送られてきた簡単な地図に手書きで書き加えられていた。肝心の『菊川』は活字だったから、あれは店で作った道順の案内ででもあったのだろうか。

そうかもしれないと私が思うのは、とにかく、私の運転手さんが、ここなんですが、と自信なげになってしまうような狭い路地の奥にあったためで、古いたたずまいの、凛とした雰囲気の漂う、素敵な構えの和食の店だった。

三人のうちで私が最後に到着したので、お待たせしたことをお詫びしたような気がする。あのころも、今と同じように、私は弁護士として忙しかったのだろう。確か、巨大な金融機関の不祥事で時間がかかってしまって、午後六時半のお約束の時刻に間に合わなかったのだった。しかし、お二人ともそんなことは少しも気にもされず、石原さんが「まあ座りたまえ」と言ってくださった。

畳敷きで、最近流行りの掘り炬燵《ごたつ》式ではなく、テーブルが置かれてもいなかった。それぞれの席の前に小さな膳が置かれていた。

当然ながら石原さんは昔からの馴染みのようで、中年の女将とのやりとりを横から聞きながら、私はふっと『太陽の季節』の一節を思い出していた。

『太陽の季節』の冒頭に
《竜哉《たつや》が強く英子《えいこ》に魅《ひ》かれたのは、彼が拳闘《けんとう》に魅かれる気持と同じようなものがあった。》（八頁）

とある。

拳闘、という言葉も懐かしい。

その主人公の津川竜哉が拳闘の合宿に新潟へ行き、しばらくして東京へ戻ってきた日のこと、恋人の英子は上野駅まで竜哉を迎えに行く。そう、あのころからつい最近まで、新潟から東京への列車は、東京駅ではなく上野駅に着いたのだった。

ゆっくり話がしたいという英子に竜哉は、《「いや、何処かで飯を食おう」》と答える。

《父がよく使う料亭を彼は教えた。久し振りの東京の雑沓《ざっとう》が懐《なつ》かしくさえあった。……通された部屋で、脇息《きょうそく》にもたれながら竜哉は訊《たず》ねた。

「何か変ったことあった。兄貴どうしてる」》（六九〜七〇頁）

といった場面が続くのだ。

その、父がよく使うという料亭は、ひょっとしたらこんなところだったのかもしれないな、と私は『菊川』なる店に石原さんにご招待いただいて、理由もなく思いついたのだ。きっと脇息が横に置かれていたのだろう。主人公の竜哉は高校生である。あるいは石原裕次郎の経験を書いたのかもしれない。裕次郎の友人かもしれない。

中学生のときに『太陽の季節』を読み、妙に印象に残った場面だった。

石原さんが「まあ座りたまえ」と優しく言ってくださった。私が、遅参を畳の上に両手をついてお詫びすると、すぐに石原さんは坂本さんを紹介してくださって、食事が始まった。もちろん、私は坂本さんが有名な編集者だと知っていたし、石原さんからも紹介したいとうかがってはいたが、お会いするのは初めてのことだった。

坂本さんにはその後、私の『あの男の正体《ハラワタ》』（幻冬舎文庫、二〇一六年）をお送りしたところ、お礼のハガキをいただき、先ず解説を読んだこと、その人選が「ビジネス上の出会い」のあった方とは、いかにも幻冬舎らしいとあった。日本で一番レコードとCDを売った男といわれる稲垣博司さんに、幻冬舎と相談のうえ私が敢えてお願いしたのだった。最初の出会いが、外国の親会社の弁護士として、子会社のトップだった稲垣さんと対決する仕事というのが、稲垣さんとの出会いの経緯だった。以来、エイベックスの取締役も一緒に務め、すっかり仲良しになって久しい。

そのハガキの中で、坂本さんは私の執筆への気遣いとともに、石原さんが「創作の独創性を今でも保っていらっしゃることに感服」している旨を記載されていた。

坂本さんも亡くなられてしまった。それも、石原さんの亡くなられる直前のことだった。私はまことに不義理を重ねたことになる。

「いいものを書いたね」

そう石原さんに微笑んでいただけなかった私の人生とは、いったい、何だったのだろうか。今にして思う。

『菊川』でお会いした当時、私もアルコールをたしなんでいたが、七五歳の石原さんは一七歳年下の私など及びもつかないペースで、白ワインのボトルを脇に置いて次々と口に運んでいた。

ところが、しばらくすると石原さんは三分の一ほど減ったボトルを左手で持ち上げ、両手に持ちながら顔を近づけてラベルを読むと上半身を左にねじり、

「なんだ、女将、こんな程度のしかないのか。もっといいの持って来いよ。グランクリュがあるだろう」

と、奥に呼びかけた。せっかく飲む酒なのだ、少しでも美味しいものが味わいたい、という思いがその声の調子に率直に現れていた。私は、ああ、石原さんらしいなあと思った。まるで青年のままの石原さんが「俺はワインを愉しみたいんだ！」と駄々をこねているような雰囲気がそこにはあった。

そういえば、石原さんはラベルを読むのに老眼鏡をかける必要がないようだった。いつからだったか、石原さんがメガネをかけてテレビなどに出てきたときに、私は不思議な感じがしたのを覚えている。え、石原慎太郎がメガネ、と取り合わせが奇妙な思いがしたのだ。ずいぶん以前のことなのだろう。

慌てて女将がグランクリュを持って来た。たぶん、最初のワインはブルゴーニュの白、シャブリのプルミエクリュだったのだろう。私は石原さんの半分も飲んでいなかったし、坂本さんはもっと少なかった。

私がシャブリだと思う理由は、石原さん自身がシャブリについて、スキューバダイビングの際に、地元の漁師に伊勢海老の穴場を教えてもらい、そこで手づかみで何匹も捕まえ、さっそく船の上で茹でて食べた甘美な思い出について書いているからだ。もちろん、その場には石原さんが当時夢中になっていた女性がいた。その時のワインが、シャブリだったのだ（『「私」という男の生涯』七頁）。

石原さんは、運ばれてきたグランクリュの新しいボトルを左手に持つと、さもいとおしそうに少し目を細めて眺め、おもむろに女将に開栓させて新しいグラスに注がせた。グラスを目の高さに持ち上げてちらっと眺めてからゆっくりと口をつけ、しばらく口の中に含んでから少しずつ喉を通過させている姿が私の目の前にあった。ちらっと私の方を見て口元だけで微笑んだ。なんとも格好が良かった。

石原さんは初めからネクタイを緩めていた。そしてすぐに外した。もともと、首を絞めるネクタイが嫌いな方なのだ。

ワインのボトルをつかんだ石原さんは、もちろんもうネクタイをしていなかった。

私は、食事の間じゅう、ネクタイをしたままでいた。

目の前にいるその人は、都知事の職にある人だった。

しかし、そんな雰囲気は少しもない。石原さんにとっては、そんなことよりも大事なことをこの場でしているのだという思いがあったのだろう。

「どうだい、書いているかい？」

と尋ねられた。

私の答えがはかばかしくなかったせいだろう、石原さんは、私の席の後ろに回って私の両肩をそれぞれの手でつかみ、

「牛島信よ、期待してるぞ」

と、力を込めて少し揺さぶるようにしながら、声に出してくれた。

食事の内容は覚えていない。

その間、石原さんは、小説を書くときにはちょっとした人の癖とかそんなことを入れると場面が生きるんだよと言い、そして、何回も、「牛島さん、大いに期待しているんだ、がんばってくれよ」と、横の坂本さんに目をやりながら、語気を強めて私を督励してくれた。


石原さんの小説、当時書いていらした『火の島』の話は、その時は出なかった気がする。その『菊川』での会食の少し前、七月四日の午後七時過ぎに、石原さんの書いている小説について電話でお話しししていた。

ゴルフ場をいくつも買い集めていた男が、自分に現金が必要になったので一つ売る、という設定での話だった。個人の金で、それを外国の銀行に入れて、金を日本で引き出

すんだよ、と言われた。

ところが、買い集めていたたくさんのゴルフ場が狙われてね、と話が弾んでいく。どうすれば法的に問題がないかな、という質問が重なった。

それが、途中から石原さんの話は私のことになり、君の小説はどうなっているのかと尋ねられた。

「あなたねえ、検事の供述調書のような文体もいいんじゃないか」とまで示唆してくださった。私も、なるほど、供述調書というのは独特の文体だから面白いものになるかもしれない、という思いがした。

「私は、腹が立って思わず手元の包丁で相手の左横腹を刺しました。柳葉包丁ですから、意外なほど深く刺さり、肉の奥まで入っていく手ごたえを感じました」

などといった文章、つまり、「私は」という主語で綴られた文章だが、作者は検事なのである。包丁を刺した当時、殺意があったことがわかる、犯人の犯行時の認識が具体的に述べられている。

そのうち話はまた石原さんの小説に戻って、親会社と子会社の問題、土地の交換の際の交換差益の税務上の話などを私が解説して、石原さんは神妙にいちいちうなずきながら聞いてくれた。

石原さんという人は、決して自分を相手に押しつける人ではない。それどころか、自分の知らないことについて他人にものを尋ねるときには、それこそ謙虚そのもののような態度の方だった。だから、私は都知事になった石原さんが都の財政改革のために会計制度の抜本的な変更をしようと、《当時の日本公認会計士協会会長だった中地宏氏に》相談したと書かれているのを読むと、その時、その場での石原さんの様子が容易に、生き生きと想像できるのだ（『東京革命　わが都政の回顧録』幻冬舎、二〇一五年、一三四頁）。

ふーん、どうしたら主人公の男がゴルフ場を自分のものにできるかなあ、という質問を受けて、私が、それは間接にしたらいい、つまり間に会社を入れるのがいいというアイデアを出したりもした。石原さんの物語には、女性、それも昔から恋焦がれていた女性が出てくる設定だったのだ。引き出す現金がその女性にかかわる。

最後に『火の島』ができあがったとき、私は、ああ、石原さんは会社の仕組みではなく、そうした舞台のうえで絡み合う男と女の物語を心の中にしっかりとつかんでいて、そこにしか興味はなく、私に次々と質問を投げかけた源も、その男の主人公と女性との関係にあったんだなと思い当たった。

そういえば、話を始めてすぐのこと、石原さんに、いろいろご協力して弁護士として知恵を出すのはいいのですが、私が手伝ったということはどこにも出ませんよね、と確認したことがある。

初め石原さんは、手伝った証しをどこかに入れてほしいと私が言い出したのかと誤解されたようで、それはできないなあ、と困ったように言われた。私が、いや、そうではなく、私はいろいろな事件を扱っているので、石原さんが書く小説の設定が私が実際に取り扱った事件とたまたま似たストーリーになってしまうかもしれないので、それで少しでも私が関与したものとして外へ出ることは弁護士なので避けたいだけなのですと答えた。もちろん実際に扱った事件の話なぞする筈もない。石原さんは「ああ、そんな心配か。あなたの名前は出さないから安心してもらっていいよ」と言われて、私は安堵したのだ。

最後近くには、ゲラを見せていただいた方が早いですよ、とまで申し上げたこともある。大作家に対してとても失礼なことだったのだろう。

私が、いちいちお話ししているよりも、いっそゲラを見せていただいた方が早いですよ、と申し上げたときには、少し躊躇された気配が電話の向こうにあった。

私がそう言わずにおれなかったのは、石原さんが、会社制度や親子会社などについて、なかなか理解してくださらなかったからだ。税法も絡んでいたのだから、石原さんなりに苦労されていたのだろう。

その進言にしたがってくださったのか、石原さんから送られてきたゲラが、今も私の手元にある。本になった『火の島』と比べたことはないが、比較してみれば、私が石原さんの傑作に多少とも貢献したことがわかるかもしれない。

そういえば、『火の島』の連載が「文學界」に載っていたときには、愉しみにして毎号を買い求めていたものだった。

本ができあがるとすぐにくださった。今も私の書架にある。

だから、『火の島』はもちろん読んでいる。あるいは、私のゲラへの進言は結局取り入れていただけるところにならず、別に電話でお話しして、こうしましょう、ということになったような気もしている。

たぶんそうだったのかもしれない。

私が、石原さんという人は本質的に詩人なんだな、と確信したのが、この小説を巡っての一連のやりとりの時だったような記憶だからだ。

十二

『火の島』についての石原さんと私とのやりとりが始まったのは、二〇〇二年、平成一四年の五月一〇日だった。石原さんがわざわざ私の事務所にお見えになって、事務所の会議室のホワイトボードを使っての相談ごとが初回だった。

ちなみに、『火の島』が出版されると、二〇〇八年一二月三日に石原慎太郎事務所の方がわざわざ私の事務所に届けてくださった。

真っ赤な紙の見返しには、なんと、石原さんの自筆で、

「君ありてこの本成りぬ　感謝多謝」と書かれている。その左側の頁、見返しの遊びというらしいが、そこにも、やはり石原さんの筆跡で「牛島信様」とある。

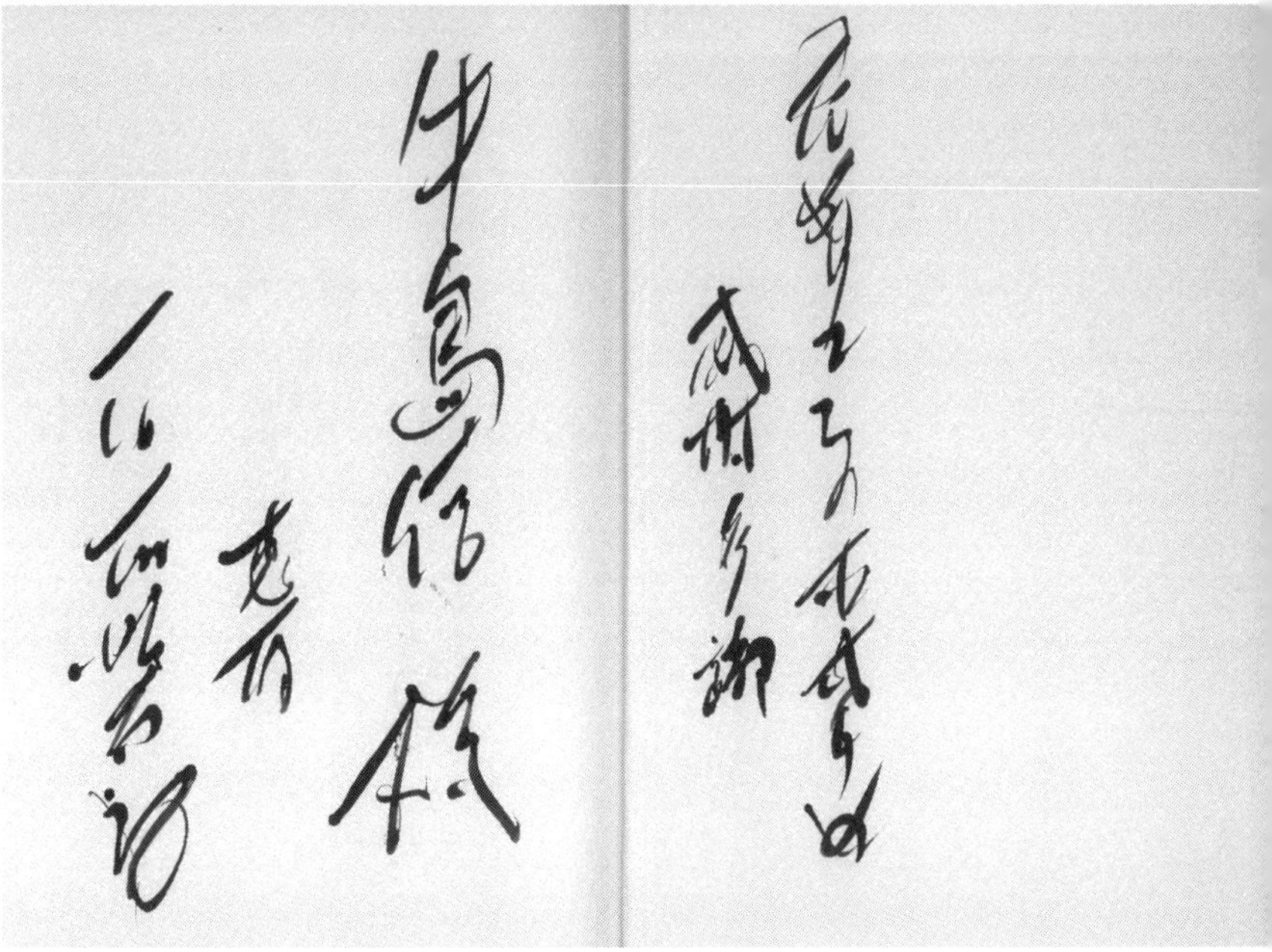

『火の島』見返しに記された、石原さん自筆のメッセージ

『火の島』なるタイトルがいつ、どうして決まったのか、私は知らない。

麻布台の住所の印刷された封筒に入ったゲラを、石原慎太郎事務所から送っていただいたのが二〇〇六年一一月六日のことだとはっきりしている。だから、その時点では『火の島』というのが小説のタイトルに決まっていると私は知っていたことになる。

火の島？　あ、火山か。じゃあ、きっと石原さんがヨットでよく行っていた伊豆七島のどこかの島かな、伊豆大島なのかなといった程度のことしか考えなかった。それが実は、『男の海』に出てくる三宅島だったとは。

三宅島については、すでにこの本の中で書いている。「慎太郎も見てやらなくてはかわいそうだよ」という場面である。

しかし、この『火の島』という題名の小説について話す機会があるたびに、石原さんが、男と女の話なんだよ、長くて複雑な関係があってね、今回は大きな金が絡むんだ、会社の乗っ取りとかあってね、と嬉しそうに話していたのを私は覚えている。

五月一〇日、石原さんは、

「一族会社でね、公開していない会社なんだよ。竹中工務店みたいなね」

と切り出した。その会社。

「A社の社長の実弟が親会社、Aホールディングの実質の責任者なんだ」

石原さんは私に対して、自分の新しい小説の構想を話し始めた。私が、わからないことがあるたびに口を挟んで、石原さんが説明し、それでは会社としておかしいと私が解説する、そうすると石原さんが、じゃこうしよう、と言って、中身がどんどん膨らんでいく。私の事務所の会議室が、そうした小説作りの作業現場になっていた。

ホワイトボードに「A社」とあって丸で囲まれ、その右に「A. Holding」と書かれていて、同じように丸で囲まれている。
A. Holdingから左向きに矢印が出ていてA社に届いている。その矢印の下に書かれた100％という数字が、A. Holdingの持っているA社の株の割合を示している。要するに完全に子会社ということだ。
ところが、その100％という数字のすぐ下に、51％と別の数字が書かれていて、その51％のすぐ右側に上向きの小さな矢印が書かれている。保有株数の減少とその後の増加を示しているのか。石原さんのストーリーがそれを必要としたのだろう。

ボードに書き込んだのは私なのだし、もちろん石原さんの考えを聞きながら図表化していったのだが、今となっては詳細はわからない。そんな、密度の濃い、二人切りで石原さんの新しい小説の構想を固めていくための時間を過ごしたということだ。
A. Holdingなる会社そのものの株主は、「弟」が51％とある。他にも株主がいることを示すように、何本かの実線が外向きに延びている。
その弟から右に矢印が出ていて、その先には「女」とあり、意味ありげにすぐ横に「元」とあって、その二つの文字を合わせて一つの丸で囲んである。

つまり、これが弟から昔の女にその株が流れる、という発展を示しているという設定を意味しているのだ。

この丸で囲まれた「女　元」にはCという人物からの矢印が下から届いていて、さらにそのCにはTという文字からの矢印が左下から届いている。Tからは、直接「女元」にも矢印が出ているが、斜線で消されている。

石原さんと会社の支配構造の話をしている途中で、私が消したのだろう。

「このCというのは暴力団なんだ」と石原さん。

私は、二人だけの部屋で、熱心に自分のアイデアについて話す石原さんの姿を眺めながら、何十年も前に読んだ石原さんのセリフを思い出していた。

それは、大江健三郎との対談だった気がする。

「政治家をしていて忙しいけれど、でも、だからこそ、パーコレーターで淹れたコーヒーのように、濃い、芳醇なものができ上りつつあるんだ」

その発言に、そもそも小説家業を廃業して政治家業を始めたものと思っていた私は、少し無理をしているなと感じた。それにパーコレーターで淹れたコーヒーは芳醇どころか、香りが飛んでしまっているものではないのかと不思議な気がした。

ついでに記すと、大江健三郎が、石原さんが政治家になると宣言し、参議院選挙への出馬を表明した直後に、どの新聞でだったたか、「石原慎太郎よ、どうして文学を棄てるのだ。小説家にわからないどんなことがこの世にあるというのか」という趣旨のことを言っていた。

当時、一八歳だった私は、大江健三郎の言うことはおかしなことだと感じた。大江健三郎の、どうにもならない、つまり自分が政治家になるべく立候補することはできない、それなのに石原慎太郎はそれをやすやすとやってのけている、そうしたどうにもならない根深い嫉妬だな、と感じていたのだと思う。なだいなだだったか、どこかの新聞に、石原さんの参議院選挙出馬に触れ、社会党はどうやってでも大江健三郎を説得して、同じ参議院選挙に出馬してもらうべきだ、と述べていた。選挙という観点から見て、大江健三郎にそれほどの大衆性があるわけでないのに、おかしな話だなとしか思わなかった。

それほどに、石原さんの、三五歳での政治参加宣言は、石原さんにしかなし得ない大事件だったのだ。

目の前で新しい小説のプロットについて熱心に説明している人は、都知事の職にある人だという事実を忘れさせた。

私の手元に、ノーマン・メイラーの全集発行に際しての、B６判の半分ほどの水色の小さな紙片がある。一九六九年、昭和四四年に出始めたようだから、私は一九歳だった。「新潮社版　ノーマン・メイラー全集　推薦の言葉」と三行の横書きの下に、どちらも、今となってはとても若い、石原さんと大江健三郎の二人の顔写真があって、それぞれの短い文章が記されている。私はその小さな紙片を長い間大切にしまっていた。石原さんは、もちろん未だ慎太郎刈りの短い髪形である。

石原さんは、「現代、日本の作家が見習うべきは、彼の文体などではなく、彼の小説に対する希望と信頼ではなかろうか」と述べている。

そういえば、と私は思う。三島由紀夫が短い髪形に変えたのは、石原さんの慎太郎刈りと関係があるのではないだろうか。それほどに、三島由紀夫の石原慎太郎コンプレックスは大きかったと思っているのである。あの、昔の文藝春秋社の屋上での写真。あの時には確かに三島氏は長い髪を整髪料でぴったりとなでつけている。大蔵省に入った直後の四ツ谷駅近くでの写真の三島氏も、当然同じである。

石原さんは、あまりに多くのものを持ち過ぎていた。若くして『太陽の季節』という価値紊乱《びんらん》小説を書いて、あっという間に芥川賞をもらい、以来、映画にまで出演した。

三島由紀夫が映画に出たのも石原さんへの対抗心の類なのだろうが、所詮、見栄えが違った。容貌と身長が決定的に違ったのだ。もちろん、三島由紀夫が悪いのではない。石原さんが、あまりに素敵で格好が良かったということだ。加えて、石原さんの言う、運動神経のある人間とない人間の落差はどうしようもなかったろう。

それで三島由紀夫は、結局、腹を切って死ぬしかないところへ自らを追い詰めてしまったのではないかと、私は秘かに疑っている。確かに、死に方では三島由紀夫と石原さんとは決定的に違う。年齢四五歳と八九歳。石原さんは、自分で死にたくなったりはしなかったから、私に告げたように「死にたくなったら頭から石油をかぶって死ぬ」こともなかった。しかし、歴史に残る死に方として語り継がれるのはどちらかと問うなら、これはもう絶対的に三島由紀夫である。誰に尋ねてもそう答えるだろう。三島由紀夫は、死の直前、「俺は遂に石原に勝ったぞ」と凱歌をあげたのだろうか。私にはわからない。

そういえば、石原さんは『「私」という男の生涯』の中で、《この今になって同じ脳梗塞で倒れ、今の自分は昔の自分ではなくなったと自戒して自殺してしまった》と江藤淳の自決に触れたうえで、《江藤淳を思い出すが、正しく今はかつての私ではなくなった自分を咎めて自殺するつもりは絶対にありはしない。》（一九九頁）と言い切っている。

その理由というのが、《もし今私の手元にワープロなる新しい機材がなければ物を書けなくなった私は当然自殺していたことだろう。》（同頁）とあるとおり、物が書けるという事実にかかっているのだ。

すると、「死にたくなったら頭から石油をかぶって死ぬ」と私に言ったのは何だったのか。強い反発はあったが、絶対に自殺なんてしないという趣はなかった。それどころか、私の勝手な考えでは、石原さんは高校生のときに一度自殺未遂をやっているような気がしてならないのだ。『灰色の教室』の宮下嘉津彦少年のことである。頭から石油をかぶって、と私に答えたときには、未だワープロを使い始めていなかっただけかもしれない。だから自殺もあり得る選択肢だったのかもしれない。なんせ四半世紀も前のことなのだ。

もっとも、石原さんが自分のことについても他人のことについても、事実と外れることを気にしないで喋ることがある人だということは、私は、たとえば伊藤整の『変容』についての石原さんとのやり取りの件でよくわかっている。なんといっても、石原さんは小説家なのだし、私との話は小説を書くことについての話なのだ。事実よりも自分の感覚が大事だということだろう。わかる。

だが、よく考えてみれば、石原さんの言っていることは一貫しているとも言える。物が書けなくなれば江藤淳のように「当然」自殺する。しかし、ワープロのおかげで物が書けるから、自分は自殺などしない。死にたくなるどころか、書きたいことが頭に心に溢れかえり、二〇一四年には『やや暴力的に』(文藝春秋)という短編集を出しているほどだ。二〇一四年は石原さん八一歳のときである。《好評だった。》(『「私」という男の生涯』二〇〇頁)と気をよくしていることからしても、石原さんは、ワープロを使って物を書くという道を見つけて以来、たとえ脳梗塞になっても死ぬ理由などなくなっていたということなのだろう。

ところが、その石原さんは、《「三ケ月くらいでしょうかね」》と信頼する医師の宣告を受けて、《私の神経は引き裂かれたと言うほかない。》と告白することになる。《死は放り出したくなるような矮小なものに堕してしまった。》という石原さんは、《江藤淳が肉体の衰弱に嫌気がさして自分を裁いてしまったのに通うものがあると思う。》と言わずにおれなくなってしまうのだ。死後に出版された『絶筆』所収の『死への道程』(一二九頁)に、その悲痛とも投げやりとも甘美ともとれる叙述はある。

五月一〇日の、私たちが事務所の会議室で話したことに戻ろう。

話すにつれ石原さんの話はだんだんと具体性を帯びたものになっていった。

「この、A社の社長は実弟じゃなくて兄貴なんだよ。でも、親会社は実弟が責任者になっている。その実弟が、親会社の責任者なのに、これが昔の女、この『女　元』とだな、ヨリを戻してしまう。そのあげく、あろうことか、A. Holdingの株の名義を自分から彼女に変えてしまうんだよ。

そいつがツマズキの始まりってわけだ。その女は行方不明になっちゃって、おまけに二人の兄弟のオヤジが事故で死ぬ。それも普通の事故じゃないんだ。ツマズキっていうのは、女がもらったA社の株をCっていう暴力団の手に渡してしまうっていうお粗末な話だ。その株が暴力団のC組の手に入って、A社はゆすられることになる。

もう一つのストーリーがあってね。

A社はB社と土地を交換で手に入れる。ところがB社は裏金で二〇億円をA社に払えって要求するんだな。A社にとっては、他の所有地に隣接しているから、どうしても手に入れたい土地だった。それで、そのB社の無茶な要求を受け入れる。そしたら、B社は、二〇億円を必ず払いますっていう念書を入れろ、書面にしろ、とA社に迫るんだ。A社の担当だった常務取締役が、A社には黙ったままそいつを出してしまう。

　ここで、暴力団のC組の登場だ。

　C組はB社にも食い込んでいてね。それで、A社がB社宛てに出した『二〇億円払います』っていう念書のコピーを手に入れてしまう。C組がA社をゆすり始めるってわけだ。B社はB社で、A社に対して、念書を持っていることをネタに、A. Holding の役員にしろとかA社の事業に参画させろって要求し出す。なんせ、念書が二〇億円を裏金で出すっていう脱税の話だからね」

　この辺のストーリー作りは、私の知恵が石原さんに取り入れられた部分の一つだ。交換と交換対象の二つの土地の価値の差額の支払い、その税務上許される交換時の差金の限度を超えた裏金支払いの約束が行われることが時としてあること、その場合は交換が無効になるだけではすまないこと、などなど。

　話が一段落したところだったか、石原さんはこんなことを言い出した。

「あなたの作品でも、一人の経営者にモノローグをさせてみると、作品に幅が出るんじゃないかな。ぐっと人間っぽくなる。そして、最後に誰かが介入してくるんだ。そこで物語が大きく屈折して、発展する」

と示唆してくれた。


五月一〇日のミーティングの次には、七月二五日に電話をいただいた。

午後一時一五分に電話をいただいたのだが、私は外出していて、秘書がその旨を伝えると、

「お話ししたいことがありますので一〇分ほど電話で時間をいただきたい」

とのことだった。秘書が午後三時過ぎに私が戻る予定の旨伝えると、「三時三〇分ころ改めて電話します」と秘書に伝言を頼んで電話は切れたという。

私には、石原さんと私の秘書の電話のやりとりが容易に想像できる。

石原さんは先ず自分で電話をかける。秘書が出てきたら、丁寧に話しかける。相手の都合を訊いて、それに合わせてスケジュールを決める。

決して、自分の都合を押しつけることはない。

そういう方だった。いつもそうだった。

その日二度目の電話は午後三時四〇分にかかってきた。一七分間お話ししている。

石原さんは、

「会社としては、竹中とかサントリーみたいな同族会社で一流のところを想定している。建設会社のつもりだ。土地のスワップをやるわけなんだけど、脱税になってしまう。例の裏金の念書でね。それがある筋にばれる。ヤクザの組織だ。その組織がホールディング会社の株を入手して、株主総会に呼べって要求してくる。会社としては、要求どおり呼ばざるを得ない、ということなんだな」

そんな、石原さんの小説についての話をひとしきりした後、石原さんはこんなことを言い出した。

「人を探すって物語ってのは面白いんだよね。戦前の本だけど、『ディミトリオスの棺』っていう、エリック・アンブラーっていう作家が書いた本がある。いろいろな人に訊きまわって、ある男のことを探す話なんだ」

昔のスパイ小説として名高い本だ。私は本の名をメモしてくるくらいだから、教えてもらってすぐに買ったに違いない。しかし、すぐに読んだのかどうか覚えていない。いずれにしても、いま手元にあることは確かなのだろうが、たくさんの蔵書のどこに埋もれているものやら見当もつかない。

その次は、記憶の限りでは二〇〇五年四月一二日に飛ぶ。

逗子からの電話だった。朝の一〇時三分にかかってきた。

私がすぐに取れなくて、かけ直させていただいたのはこの電話だったような気がする。石原さんは「この電話、リビングでとったから、今から書斎に移動します。あなたとはゆっくりと話したいので」と言って、いったん電話を切られた。その日は火曜日だったから、あるいは風邪気味で自宅で休んでいると言われたときのことだったのだろうか。

のっけから、「人間の絡み合いなんだ。男と女」。いつもの調子だった。

「竹中とかサントリーみたいなちゃんとした会社でね。ところが、持ち株が知的ヤクザに流れてしまって、会社に踏み込んでくるんだ。他の会社とバーターにしろ、とか要求されてね。土地の交換の差額を隠れて裏金で払うっていう念書が、その知的ヤクザに渡っちゃうんだな」

と三年来のテーマの話である。

公務が忙しくて、なかなか執筆の時間がとれなくて苛々しているのだろうなあ、と同情しながらお話をうかがった。

「三宅島の災害を背景にしている。乗り込んできたのは切れ者のヤクザでね。問題の大企業の奥さんと幼なじみなんだ。その切れ者自身は、親分の娘と結婚している。会社を脅す手段として、わざと生ものを送ってきたりしてね。子会社を作って、そこを勝手にさせろとか、その子会社に工場を造らせるとか、言いたい放題さ。こっちは、なんとか念書を取り戻そうと必死なんだな」

私は、

「念書さえ取り戻せば助かる、と思っているという設定なんですね」

と答えた。

三宅島と聞いて、私は『男の海』に出てくる三宅島のことを思い出していた。《三宅島という恋人に遭遇出来て幸せという他ない。》（一二二頁）と三十代の石原さんが書いている。その恋人とのできごとなのか、と思いながら、電話の向こうの石原さんと問答していた。

翌日、四月一三日に私の事務所でお会いしているから、たぶん、その電話でお会いする約束をしたのだろう。電話での話では時間が足りなかった、と感じられたに違いない。それほどに『火の島』の構想は煮詰まりつつも、おそらく公務に足を取られて進まないことへのどうしようもない苛立ちがあったのだろう。石原さんは、なんでも「一気呵成《いっきかせい》主義」なのだと自称していた。それが、前日の私への電話で一挙に霧が晴れ、遠くにあった最終地点が急に身近なものに感じられて、居ても立ってもいられなくなったのではないだろうか。

私が青山のツインタワーにあった事務所を山王パークタワーへ移転したのが二〇〇四年の一一月二九日のことだったから、移転してすぐ後にお見えになったということになる。

一八年前のことである。

初めて青山の『シティ・クラブ・オブ・トーキョー』でお会いしてから六年が経っていた。初めてお会いしたときの石原さんは、衆議院議員を辞めて、都知事になる前で、思いがけない人生のオアシス、「精神の洗浄期間の四年間」の最後のころのことになる。石原さんは、その四年の後、《私はまたまた政治なるものにまみえることになった。》(『「私」という男の生涯』二八三頁)と書いているが、そんなはずはないだろうと思っている。衆議院議員を辞めても、政治と縁が切れるなどとは夢想だにしていなかったろう。だとすれば、大統領が存在し得ない国なのだから、都知事は、石原さんにしてみれば、自然で手ごろな選択だったことになる。もっとも、残念ながら残された唯一の手にし得るものではあったにしても、石原さんにしてみれば小さなオモチャでしかなかったろうが。オモチャ。その言葉を、私は『太陽の季節』の一節を思いながら綴っている。

恋人だった英子の葬儀の席でのこと。

《頷いて香をつまみながら彼は英子の写真を見詰めた。笑顔の下、その挑むような眼差に彼は今始めて知ったのだ。これは英子の彼に対する一番残酷な復讐《ふくしゅう》ではなかったか、彼女は死ぬことによって、竜哉の一番好きだった、いくら叩いても壊れぬ玩具《おもちゃ》を永久に奪ったのだ。》（八〇頁）

以前にも書いたが、石原さんと私は一七歳違いで同じ誕生日同士だから、私が『火の島』について石原さんと話していたころの石原さんは今の私の年齢だったことになる。そういうことなのかと思いながら、今こうして石原さんとの細かいやりとりを思い返すと、いささかならず感慨が湧く。サマセット・モームが書いていたとおり、人は、生き、そして死ぬ。要約してしまうと、そういうことだ。

同じモームは政治と作家についてこうも言っている。

《作家が現実の政治に関与したことも時々はあった。それは作家としての活動に悪影響を及ぼした。》（『サミング・アップ』岩波文庫、二〇〇七年、二七四頁）

石原さんは、それが身に染みていたに違いない。

若いころのこと、アメリカの出版社からの翻訳権申し込みを放置してしまったこと。それが、後に、不本意にも、世界的な認知において大江健三郎や村上春樹との差となってしまった。

それに、と石原さんは続ける。前にも引用したところだ。

《日本という社会の狭量さは著名な政治家が優れた小説を書くことを許容しない節がある。》として、自らの自信作『遭難者』が、《私の属していた自民党が折から金丸信と小沢一郎なるもっとも唾棄すべき政治家に牛耳られ、その金権性が暴かれ、世間の指弾の対象にされていた最中だったせいだろう、いかなるメディアにも一片の書評も出ることはなかった。》（『「私」という男の生涯』二一四頁）と嘲笑している。

「だからこそ、あなたのように、世間を知り、酸いも甘いもかみ分けた人に、小説とはどういうものかを、芥川賞を取ることによって世の中に明らかにしてほしかったんだよ」という、石原さんの囁《ささや》きが耳元で聞こえるような気がする。

《僕と同世代できちんと小説を書いている作家はもういないでしょう。》

石原さんが、「本の話」という雑誌で『火の島』についてインタビューを受けたときの言葉だ（文藝春秋、二〇〇八年、三頁）。七六歳である。

インタビューには「すべてを溶かす官能の物語」という題が付けられていた。編集者によるまえがきに、「東京都知事として多忙を極める作家・石原愼太郎氏」と紹介がある。それを今回改めて読んで、私は石原さんの本質なんだなと感じた。存在しているのは石原愼太郎という一人の人間ということであって、都知事も作家も、そのある部分でしかない。おそらく、官能によって自らが溶けてゆくことを許している瞬間の石原愼太郎も同じことなのだろう。

私の事務所にお見えになられた四月一三日の石原さんは多弁だった。

「非上場の建設会社でね。運送会社の持っていた土地が欲しくて、会社の土地を運送会社の土地とスワップするんだ。交換。ところが、二つの土地の値段が違うから差額が出るんだよね。それを裏金で、何年かに分割して払う約束をする。で、念書を出すってわけだ」

石原さんの話は、ますます具体的なものになっていた。

「親会社、ホールディングに会長と社長がいてね。その社長に実弟がいる。二人のオヤジが会長。社長の女房とヤクザ者とがたまたま幼なじみでね」

幼なじみ。

石原さんには、幼なじみという関係への奇妙なほどの執着がある。たとえば『公人』の賀屋興宣が恋した小学校の同級生。さらには、『絶筆』という短編集にある『遠い夢』の、手をつないで歩いただけのやはり小学校の同級生、河野礼子という名の女性。

その河野礼子という名の女性は別の男性と結婚し、石原さんは彼女の弟を通じて初恋の女性の現況を聞く。弟が《「……僕は姉に、あなたのような人と一緒になってもらいたかったなあ」》と言うと、石原さんと思しき男性は、《「……初恋というのはみんな淡くて脆いものだよ。それを黙って抱えて過ごすのが人生というものじゃないのかね」》と答える（一二頁）。

石原さん八九歳の作品である。私は私の初恋を思い出す。淡くて脆かったか。それを黙って抱えて過ごしたか。

その河野礼子の葬儀に出席した男性は、

《彼女の葬儀に招かれる筈もなかったから、私一人で出かけて行った。案内し掛ける者を無視して祭壇の前に立ちはだかって腕一杯に抱えて行った白い薔薇の花を祭壇一面に撒き散らしてやった。》（一五頁）

ここにも津川竜哉がいる。その背後霊には賀屋興宣が立っている。

同じ本に出ている『空中の恋人』という、特攻機に乗りこんだ男の初恋の女性。出撃の前夜、二人は結ばれる。

《初めて腕にする彼女の熱い体》（二〇頁）

しかも、一度切りの交わりがあっただけで、男は特攻に往き、顔に大火傷を負い二十数年間戻らない。彼女は男の子どもを身ごもり、産む。その子が育ち、男が死んだと信じた若い母親は再婚し子は無事に育つ。子は自衛隊のパイロットになり、実の父親と初めて会う。これも八九歳の作品である。特攻に往った男の、心のうえでのモデルは石原さん自身に違いない。

石原さんには、官能について表現することでしか顕現できないが、実はもっと奥底に、肉体の交わり以前の男女の関係を痛切に思う気持ちが潜んでいる。二人が一体になることとは、一瞬の幻想に過ぎないとしても、それでもそれを請い願わないではいられない人間というもの。

『「私」という男の生涯』には、石原さんを象徴する話が出ている。

《同じクラスに色白の目鼻立ちのいい、人形のように可愛い女生徒がいた。……彼女をどこかの殿様の御姫様に仕立て私が臣下の侍として近づき、かしずくのを想像してみたりするようにもなった。》（二四頁）

それが、彼女が授業の最中におもらしをしたことだけで、

《彼女への感情は呆気なくも軽蔑に変わってしまった。》（二五頁）

自ら解釈してみせる。

《あの一件の思い出は私に終生つきまとった私の天性の一つ、「好色」を暗示するものだったに違いない。》（同頁）

わからない。

私は、代わりに、芥川龍之介がその『或旧友へ送る手記』の中で、《僕は或女人を愛した時も彼女の文字の下手だつた為に急に愛を失つたのを覚えてゐる。》（『芥川龍之介全集第一六巻』岩波書店、一九九七年、四頁）と書いているのを思い出した。石原さんは、好色という二字で、次々と今の女性とは違う別の女性を好きにならずにはおれない我が身を振り

返ったのだろうか。

会議室での話の続き。

石原さんからは、未だ彼の頭の中にだけ存在する新しい小説のプロットが次々と披露された。

「社長の実弟が、自分の持っていた株をある女に手放す、譲るんだ。すると、その株がいつの間にか、その社長の女房の幼なじみだったヤクザ者の手に入る。ヤクザ者は、手に入れた株をネタに脅しにかかる。ホールディングのメンバーに入れろ、と要求するんだな」

「取締役にしろ、っていうことですね？」

と私が確認の質問をする。

石原さんは、上機嫌で「法的に言えばそういうことになるんだね」と答えて、次に進む。

「その要求を会長が、『ノーだ』とハッキリと拒絶する。で、そのヤクザは会長を殺す。とうぜん警察が捜査に乗り出すんだが、レンタル・トラックで確証がつかめない。会社の役員たちも、不自然な死だとは感じているんだけど、表に出したくないんだな」

そう言ってから、石原さんは、

「その会長の葬式のシーンから小説は始まるんだよ」

と教えてくれた。

「役員たちも念書について知っている前提なんだけどね、それをどうするかは、未だ決めていない」

確かに、公刊された『火の島』は、会長の葬式のシーンから始まっている。

石原さんの話は、いつもそうだったのだが、話の途中で思いつくままに別の話題に跳ぶ。

その日は、「『ビザンチウムの夜』っていう、アーウィン・ショーの小説があってね」と天から降ってきたように話し始めた。

『ビザンチウムの夜』（早川書房、一九七九年）では、中年の男性映画脚本書きが、彼をインタビューしに来た、娘の年ほどに若く、頭の良い女性と恋に陥る。その結果、男は離婚してこの女性と、と思い詰める。中身からして、たぶん、そのころ石原さんはずいぶん年下の女性、それも石原さんにインタビューしたりした女性と深い、官能に満ち満ちた生活をしていたのだろう。ああ、この女性かなと『「私」という男の生涯』を読まれた方なら気づくだろう。

「アーウィン・ショーは、『若き獅子たち』っていう、映画になったのもあって、いいよ」

と少し自分の内側に沈潜している表情になる。その女性との官能に満ちた生活を反芻していたに違いない。

「そう、『赤と黒』のマチルドとね」

とまた別の話になってしまった。

『赤と黒』は石原さんのお気に入りだった。石原さんは、湘南のお坊ちゃんという世評と違って、自分のことを「叩き上げ」と形容していた。そんな石原さんには、『赤と黒』のジュリアン・ソレル、立身出世のためには女性を踏み台にして顧みない若い男、それでいながら、女性の愛に包まれてしまう男のことが、我が身のこととして感じられていたのだろう。

「財団があってね。音楽の」

と、石原さんは、書いている小説の話に戻ると、再び止まらないように話し始めた。

「皇后陛下が関係されているような、格式の高い財団なんだ。社長の実弟てのが、その財団に入れこんで、会社の金を使い込む。会長がいなくなってしまって、後継ぎになった兄、つまり社長としては、自分の実弟が逮捕されるんじゃないかと恐れる。それで、ある決断をする」

その辺はこれからだ、と言いながら、石原さんはそこで私との対話をいったん終わりにした。


その次は二〇〇五年四月一九日だ。

わずか六日後のことである。

電話をいただいた。夕方、五時三五分まで話していた。

前日の午後五時四分にお電話をいただいていて、秘書が私が外出中である旨をお伝えし、こちらから折り返しましょうかとうかがうと、石原さんは、

「いや、この間のお礼を申し上げたかっただけですから。また電話しますとお伝えください」

というやり取りだった。

ところが、翌日の同じ時刻ころに電話がかかってきたのだ。

石原さんとしては、私に話したくてたまらなかったのだろう。それでも、私の邪魔をしてはいけないと、電話を返すように秘書に依頼はしなかった。

そういう方なのだ。


一九日の電話では、石原さんは初めから高揚していた。

「プロット、だいぶ進んだよ。一週間、逗子でやっていたんだ。女の人のこと、ヤクザと。ヤクザがホールディングの株を持っているっていう前提での話だからね、株主総会なんかでどんなことが現実にあるのか、知り合いの建設会社に訊いてみたんだ。解体とかいろいろなことがあるだろう、って。ところが、ヤクザとの関係はありませんって言うんだな」

私は、「そりゃそうでしょう。都知事に訊かれて、上場会社が『実は裏金の処理を解体業者にしょわせてましてて』なんて、仮にあったって、決して喋りませんよ」とコメントした。

「そりゃそうだな。社外役員を会社が騙すとかして、とっちめるってのはどうかな。追い出したい一心で、会社がハメるんだ」

「そうなると、社外役員は、たぶん取締役でしょうが、その立場に則って、けっこう反発できますよ」

私がそう言うと、石原さんは、

「でも、とにかく、解体とかやらせて、うまく追い出すんだよ」

と、詰めのための細かいプロットを模索している様子だった。

私は、「たとえばですよ、常務さんが、その常務という肩書を勝手に使って大きな取引をしてしまったとします。そしたら、そんな人は会社の方で怖くなって非常勤にしてしまうでしょうね。そこで、その元常務が逆切れするっていうことはあり得ることかもしれません」と、仮定での法律論を述べた。

それがどう石原さんの役に立ったのか、石原さんは満足した様子でやり取りの電話は終わった。

二〇〇五年には、年末の一二月三一日にお電話をいただいた。城山三郎氏についてのやり取りをした電話だ。

年が明けて、二〇〇六年一月七日にお話ししたことは、もう書いている。

その次は、二〇〇六年の二月二五日の電話である。

午後の六時五七分から七時四二分まで、一時間近くもお話ししている。

冒頭、石原さんは「ゴールドマン・サックスがゴルフ場を買い叩いてチェーン化しているだろう」と言われた。私は、「ええ、確か上場に持っていったはずですよ」と答えた。

この日、石原さんがなぜ唐突にゴールドマンの話から始めたのかは、すぐにはわからなかった。

狙いは石原さんのなかで膨らんできつつあるプロットについての相談だった。

「西脇がね、ゴルフ場を四つ買ったところなんだけど、全部で一〇個買う予定なんだよ。そして上場する。別名義で俺がやるって、ヤクザの切れ者が言う」

なるほど、それで石原さんが勢い込んでゴールドマンがゴルフ場をいくつも買収したことから話し始めたわけがわかって、合点がいった。

しかし、私は、法律家らしくこう答えた。

「そりゃ無理です。いくら小説でも、ヤクザがらみで上場なんてできません。子会社だとか名義が違うとか称してみたって、実質はヤクザがらみでしょう。嘘をつくってことでしょうが、そんなこと、上場の審査を通りませんよ」

いつものように、石原さんは、法律家としての私の助言にはアーギュしない。信頼に足る法律専門家の言うこととして、頭から全面的に信用してくださり、その場でストーリーを考え直している様子だった。

「わかった。そうか。じゃあ、西脇が妨害をする手立てなんだがなあ。何かなあ。銀行の頭取を脅して、借入をチャラにしろと要求するとかってのは、どうだろう。なにしろ、念書があるからね。土地のスワップのさ。差額を五〇と五〇の対等で裏金で落とす。西脇会長と浅沼英造っていう切れ者ヤクザとの間で。で、そこまで勝手にされては、と西脇が反撃に出る。その後のことなんだが、切れ者ヤクザが逆襲して、結局、西脇一族にとって大事な音楽財団をネタに西脇一族がゆすられるというところにまで発展する。例の皇族が関係しているっていう名門の音楽財団だ」

石原さんの頭の中での素早いストーリー展開についていけず、私は、

「西脇は堤義明さんがヒントですか？　堤さんの場合は、国土計画というホールディン

グ会社があって、その子会社で上場会社だった西武鉄道の株式保有が名義株主で不明なところがあったんでした。弁護士の社外監査役が問題にしましてね。いろいろ堤さんの側もがんばって、顧問税理士が登場して交渉とかあったのかもしれません。でも、結果はご存じのとおりですよ。あんな些細なこととしか堤さんの側には見えないことで王国全体が崩壊する。堤さんは逮捕までされてしまう。

石原さんの小説でも、税理士さんが、主人公の切れ者ヤクザの英造と話すとか、いろいろとプロットはあり得ると思いますが、上場会社を絡めるっていうのは、また別の世界ですからね。西脇の顧問税理士とその英造っていう切れ者ヤクザが交渉して、いったんはうまくまとまりかける。ところが、そのまとめ方っていうのが、音楽財団が絡むので、そこの背任問題になって、英造に再攻撃の口実を与えてしまう、っていうのはどうでしょうか」

石原さんからは、「創業者っていうのが薬をやっているっていうこともあり得るよね」とか奔放なアイデアが出てきた。

「財団の関係者が自分の子とわかって、そうなると西脇にとって自分の妻への恥ずかしさとか、いろいろあり得るよね」

翌日、二月二六日にもお電話をいただいている。

「同族会社でも上場していて、西武がそれで、名義株が問題になったというのはよくわかった。ところで、非上場でも名義を散らす必要ってあり得るの？」

と質問された。

もちろんである。

私は、「はい、相続と上場はまったく別のことですからね。非上場会社だと、上場会社と違って、名義を散らすのはやり放題というか、むしろ相続がらみで珍しくないことですよ」と答えた。

さらに石原さんからは、当時話題になっていた姉歯事件について、

「あれは堀江の件と同じようなものなのかな」

と問われた。

私は、「いや、堀江さんの件は公認会計士の監査がある会社の話ですし、姉歯の方は一級建築士の問題ですから、同じプロフェッショナルの問題ではあっても、性質が全然違いますよ」と申し上げた。

しかし、いつもと違って石原さんは石原さんなりの理由があってのことらしかったが、なかなか納得せず、

「後藤田とかナミレイの松浦、それに検事、亀井、藤井とか、いろいろあるがなあ」

と、私には詳しい説明抜きに、石原さんなりの感想が飛び出してきて、その日は終わった。どうして検事の話まで出てきたのか、私にはわけがわからなかった。


同じ二〇〇六年、九月一四日のお電話はとることができなかった。午後三時二〇分に石原さんから電話が入っていると秘書が取り次いでくれたのだが、私は会議中だったので秘書がその旨伝えたところ、「また改めます」とのことだった。石原さんらしい。

その改めてくださった電話が、一か月後の一〇月一三日だった。一一時一〇分から一四分間お話ししている。

発展があった様子だった。

「幼なじみと結ばれてね。いや、英造の方さ。財団について、西脇の妻、つまり英造の幼なじみが直談判するんだ。英造は、『わかった。あなたのことは命を懸けて守る』って約束する。ところが、そこ、ホテルでの密会を弟に見られてしまうんだ」

幼なじみへの石原さんの、強い執着がどうやら小説の骨の髄のようだった。

そういえば、『「私」という男の生涯』には、石原さんが未だ高校生だった、後の奥様と連れ込みホテルから出てきたのを、親戚の誰かに見られてしまったという逸話が出ていた（一〇二頁）。情事とは時としてそうした思いもかけない結果につながるものだと石原さんは身に染みていたのだろう。そして、情事の当事者二人の運命が転変する。

「でね、西脇側と切れ者ヤクザの英造との間で、例の念書を焼いたらゴルフ場のチェーンを渡すって約束になるんだな。といっても、初めから騙しだ。騙して追い出そうっていう魂胆なんだよ、西脇の側は。でもね、英造もバカじゃないから、念書のカラーコピーを取っている。しかも公正証書にまでしてね」

私は、会社の所有関係が気になったので、「で、会社の所有はどうなるんですか？」と尋ねた。

どちらのせいでか、この短い電話では足りなかったらしく、翌日、一〇月一四日にもお電話をいただいた。

石原さんは逗子にいらした。夜の九時一二分から一〇時四分までお話ししている。

「西脇にしてみると、ゴルフ場を売って銀行への借金をゼロにしたって、そんなバカな、っていう感じなんだ。値上がり益とチェーン化してあることからして、借金ゼロでは少なすぎる、ってことなんだな」

そう言ってから、石原さんは不思議なひと言を付け加えた。

「そんなこと、今の時代にはダメさ。待ってくれないんだよ」

二〇〇六年には、一〇月三一日にもお電話でお話ししている。夕方五時一九分までの長電話だった。

会社の仕組みがさらに具体化して、西脇のダミーとして、会長に武田という人間を置き、さらに社長に英造の妻がなっている。たぶん、これは英造のもとへ走って妻になる女性のことだろう。

一三〇億円という金額も特定された。

「銀行から西脇が借りてゴルフ場を買う。西脇の会社の株券を英造が手に入れ、別個の会社を作ってゴルフ場も手に入れ、返済は西脇がやれ、と英造が言い出す。もちろん、株券を渡したのは、幼なじみの女性だ。英造は、担保のついていないゴルフ場を手に入れたってわけだ」

石原さんは饒舌だった。

「でもね、西脇は念書を取り返すんだ」

同じ年、一二月一八日にもお電話をいただいた。

昼〇時三八分から一時二分までだから、三〇分足らず、ということになる。

小説はドラマティックな展開を見せる。

英造と西脇の妻とが男女関係にあることが発覚してしまうのだ。すると夫が英造をやっつけてやると言う。

すかさず西脇の優秀な総務が、

「ゴルフ場の借金、返済しないでいいですよ。求償権を西脇が放棄したって相手は思ってますが、取締役会の決議がありません。ですから無効です」

さらに、その総務は、

「ですから、ゴルフ場の仮差押えをやりましょう。そしたら、絶対に相手は事業展開に差し支えます。仮差押えは公の登記簿に出ますからね。他の銀行だって相手にしませんﾞ」

と言い出すのだ。

「で、英造は女と逃避行だ。金を作る」

英造と手に手を取って逃げ出す女性の名は、礼子と決まっていた。西脇も西脇興産と名づけられた。

そういえば、この電話の最後、どういう経緯でか、糸山氏やホンダ、帝拳などという名前が石原さんの口から出てきた。しかし、小説そのものとの関係としてではなかった。石原さんは何も絵解きをしなかったけれど、彼の頭の中ではどこかでつながっていたのかもしれない。

さらに、翌一九日にもお電話をいただいて、夜の一〇時一〇分から四七分まで、四〇分間足らずお話しししている。

前日のやりとりの復習をすると、石原さんは、

「あなたの小説は、色取りが足りない。その時着ていた服とか、たばこのくわえ方、キャラクターの癖とか、そういう色彩が欲しいんだ。ひと言で言うと、無駄がなさ過ぎる。牛島さん、小説は酔興だよ、酔興が要る」

と、教えてくれてから、

「人を訪ねていったら、先ず何か話すでしょう。事件だけでは、固くて、縮小してしまうんだよ。あなたのは、素っ気ないんだなあ」

そう言うと、秘密を打ち明けるように、

「都知事、飽きたな。なにかサブスタンシャルなもの。そう、サブスタンシャルなものがないかなあ」

その時にシーザーの名を出したのは、私だったろうか、石原さんだったろうか。

石原さんは、確かに、「歴史を越えようとするもの」、つかもうとしてもその手をすり抜けてしまってつかみ切れない何かをつかもうとでもするように、サブスタンシャルなもの、そう表現した。

既に二〇〇一年の段階で石原さんは、「最早残された時間はさして豊富にあるとはいえぬのに、当節、自ら選んでのことではあるが東京都の仕事にかまけて物書きとしての表現には極めて食い足りぬ思いをしている実感のせいに違いない。」（『わが人生の時の人々』文藝春秋、二〇〇二年、四二七頁）と書いていた。

二〇〇二年は石原さんが私を相手に『火の鳥』のキャッチボールを始めた年ではないか。

『火の鳥』は、その「食い足りぬ実感」の向こう側、サブスタンシャルなものを目指しての営為だったのだ。

二〇〇六年一〇月三一日の電話では、坂本忠雄さんのお名前が出ている。

一一月二日には、石原さんに言われてだろう、私の『逆転《リベンジ》』と『社外取締役』（幻冬舎文庫、二〇〇七年）をそれぞれ二冊、田園調布のご自宅にお届けしている。ショートショートと自信作をというお話だった。それでこの二冊を選んだのだ。「それを読んで、アドバイスをするから、私はきっとあなたの役に立つよ」と言われた。

一〇月三一日の電話での話は、ほとんどが小説の中に出てくるゴルフ場の売買を巡ってのものだった。「ゲラを見せていただいた方が早いですよ」と申し上げたのは、この時の電話のようだ。

一一月六日に石原慎太郎事務所の方から電話があって、これから書類を届けるとのことだった。

それが、『火の島』のゲラである。だから一〇月三一日にゲラの話をしたのだと思うのだ。

私なりにご説明はしても、石原さんが奔放な構想のなかでどう捉えているのか、気にならないではいられなかった。

二日後、一一月八日に、私は、ゲラの空欄に「セブン・オーシャンズ・チェーン」と名づけられたホールディング会社の組織図と株の所有関係を明示する図を書き入れて返送した。

その部分を巡っての電話でのやり取りがあったのが同じ一一月の一五日のことだった。英造と西脇の息詰まるやりとりの詳細を議論した。一つ一つの取引構造の話をするたびに、石原さんが「はい。はい」と、まるで青年のように返事をしていたのを覚えている。

十分に理解がいかなかったのか、「またお電話していいですか」と重ねて訊かれたのが印象に残っている。しかし、電話はなかった。

二〇〇七年の四月二五日には、都知事の三期目を務めることになった旨の挨拶状をいただいた。

同じ年の九月二九日にまた電話をいただいて、「供述調書の文体を使ってみてはどうか」と再びアドバイスいただいた。たぶん、なかなか私が作品を書かないことに苛々されていたのだろう。それでも、そんな口ぶりはまったくなく、私の意欲を引き出そうという調子だった。

その直後が、一〇月四日の『菊川』での会食になる。驚いたことに、一〇月二日午後一時五分に自ら電話をくださって、場所などを教えてくださったもののようだ。私は電話をとることができなかった。いれば、お話しすることができたに違いない。

二〇〇八年九月二六日には、『痛ましき十代　石原慎太郎 十代作品展』レセプションのご案内をいただいた。

アルマーニ／銀座タワーでの作品展だった。

「非業な太陽——痛ましき十代——」という短い文章の中で、石原さんは《だから大学に入り二十歳の誕生日を迎えた時の、ひそかないまいましさを今でも覚えている。結局俺は十代に何もしとげることが出来はしなかったと——。》と記していた。

石原さんにとって、絵とはそれほどのものだったのだ。

九月二六日にいただいた招待状に、九月三〇日までに返事を、とあり、共通の誕生日の九月三〇日に出席と書いて返事をしているから、出席したのだろう。しかし、何も覚えていない。たぶん、石原さん本人がいなかったのか、いらしても、あまりにたくさんの人でお話もできなかったのか。作品は観ているのだろう。会った記憶がないところをみると、行っていないのかもしれない。

いや、二〇〇八年一〇月二七日にお礼の手紙をいただいているから、行って、観たに違いない。《この今になって私の青春が蘇る事ができたのは本当に幸せです。》とある。

私は、お別れの会でのアトリエを思い出す。少なくない数の若いころの絵も飾られていた。

こうして振り返ってみると、石原さんから見れば、どうして私が作品を書かないのか、不思議でならなかったのではなかろうか。

弁護士としての締め切りに追われた、という、なんとも愚劣な事情なのだろうか。しかし、一一年間である。いったい私の側に何があったのだろうか。

組織と個人について考えている私には、石原さんの男と女の物語は、所詮ない物ねだりだったのだろうか。

わからない。

たぶん、こうなのではないか。

作家は金のために書く。書くことしかできない人間が、書けばいくばくかの金になるので書く。名誉も欲しいだろう。しかし、とにかく、金が要る。贅沢がしたくて書く。正確には、贅沢をしてしまったから、前借を返すために書く。それしか金を作る方法を知らないから、書く。書けば金になる。実のところ、書けば金になるとは、まことに恵まれた人生だとも言える。才能がなければ、書いても金にならないのだから。しかし、因果な人生でもある。

現に、石原さんは血を吐く思いで書いた作品の原稿料を派閥の子分に配ったら、子分は銀座のクラブのツケを払っておしまいにしてしまったと嘆いていた。

私は？　私は弁護士として普通以上に金を稼いでいた。だから、金のために書く必要はまったくなかった。それで書かないで時間だけが過ぎていった。

いや、違うだろう。

金は今でも弁護士として稼いでいる。それでも書く。原稿料をもらってももらわなくても書く。金と書くこととは関係がなくなっている。

では、なぜ？

十三

二〇二二年、令和四年一一月二三日、草木も眠る丑三つ時、つまり午前二時ころ、石原さんが私のもとへ突然に現れた。私が、この石原さんについての私的思い出の文章を綴っていた正にその瞬間のことだ。

石原さんは、純白の衣装を全身にまとっていた。声はない。

驚いた。

石原さんは、『「私」という男の生涯』に、なんども幽霊としてこの世に出てくると予言していた。それだと私は直感した。

《幽霊なるものは優にあり得るとも思う。》（三三一頁）と書いていた人だ。

たくさんの書類の束の中から、受け取った記憶のない、石原さんから私に宛てた私信がビニールのフォールダーに挟まれたまま、突然、姿を現したのだ。

純白の封筒の表書きに「牛島信様」と石原さんの、あの独特な筆跡で記されている。裏に大田区のご住所と氏名が印刷された、上質な白い紙の封筒だ。

封筒の中身、手紙そのものはA４の紙一枚で、それにもう一枚、A４の書面が添付されている。

どちらも横長に縦書きで、添付の一枚はその年の上期の芥川賞について石原さんが書いた「私の選評」で、「文学の、言葉の不毛」と表題がある。

手紙の日付は七月十九日。

石原さんの手紙での話は、「先日お話ししました当節の若い新しい作家たち」について、その不毛さを私にしきりに訴え、嘆く文章で始まる。末尾近くに「私の選評」を同封する旨が記載され、最後に、坂本さんと一緒に会いたいとあった。その同封物が、「文学の、言葉の不毛」である。

手紙の方には、なんと、ワープロによるとおぼしき活字文字の後、「草々　七月十九日」と二行に分けてやはりワープロの活字で記されたすぐ左に、石原さんの自筆、大きな手書き文字で墨痕鮮やかに「牛島信様」とある。

そこから少し離れた次の行、「牛島信様」の信の字のすぐ左に、「石原慎太郎」という独特の署名がなされている。奔馬が青空へ駆け上っている姿のような署名だ。

「石」の第一画、「原」の第一画のいずれにも筋骨隆々たる馬の跳ね上がる動きがほとばしり、「慎」も「太」もその勢いにさらに力を与えている。「郎」では旁《つくり》のおおざとが、大きく振り上げられた馬のしっぽになっていて、石原慎太郎という署名が、全体としてそのまま馬の絵になっているのだ。馬が跳躍して大空に駆け上る、その大空の空気を鋭く切り分けるのが、しっぽの激しい動きだ。

次行の左下には花押《かおう》までが施されている。

石原さんは、手紙の中で、私に対して、「余計な建言かも知れませんが」として、私自身への感情が押さえがたく露呈する、裁判での陳述書の形式で小説を書くことを勧めてくれている文章が続く。

思えば、石原さんは、会って、あるいは電話でお話しする折々、小説の文章の書き方について、さまざまな示唆をくださった。私の書いたエッセイ集『この国は誰のものか会社の向こうで日本が震えている』（幻冬舎、二〇〇七年）を差し上げたときには礼状をくださった。『社外取締役』の全体を読んでくださり、伏線が足りないねと指摘してくださった。

手紙に添付されていた「私の選評」の中で、石原さんは、「習練された言葉の持つ余韻の大きさ恐ろしさ」を知らないと芥川賞の当選作を批判している。こんなものが、突然、なんの前触れもなく、深夜、私の目の前に顕われ出てきたのだ。

石原さんが、

「あなたは私について書いているね。それなら、以前に渡した手紙に書いたことを思い出してくれ。私は、あなたに期待しているとなんどもなんども申し上げた。しかし、あなたは、それにこたえてくれなかった。なぜなんだ？　なぜ、この石原慎太郎のたっての頼みを聞き入れてくれなかったのか。いったい、あなたは何を大切に思っていたから、私の願いを無視し続けたのか」

とおっしゃるために。

そういえば、《私が死んだ後、誰がどんなことをぬかすだろうかということに興味を抱かざるを得まい。》（『「私」という男の生涯』三三二頁）と書いていたうえに、《幽霊なるものは優にあり得るとも思う。》（三三一頁）とも書いていらした。だから、私の手元のさまざまな書類の間から抜け出して、姿を現したに違いない。

でも、なぜ、いま、私のところに？

私が書いていることを、「やっと始まったね」と、背中をどやしつけてでも激励したかったのか。霊界からのメッセージを届けたかったのか。

それ以外、私のたくさんの本と書類に埋まったなかから、真夜中の二時、何気なしに摘まんだ書類の束からあの封筒が飛び出してきたりするはずはない。

芥川賞の候補作の抜き刷りのようなものを何作分か、いただいた記憶はあるものの、どこへしまい忘れたのかすらわからないでいた。何回か秘書に探してもらったが、そのたびに、どこにあるのかわからないと言われた。

突然現れた私信は、その際の送付状とおぼしき内容である。そんなものがあった、という記憶はなかった。今でも記憶はない。坂本さんを紹介します、なんて聞いたことも読んだこともなかったとしか記憶していない。

しかし、何はともあれ、とにかく記憶にない書簡が唐突に目の前に出現したことだけは確かだ。いま現在、私はその石原さんの手跡を見ながら、こうして文章を綴っているのだから。

これは、石原さんの幽霊ということなのだろう。

末尾に、「参議院選挙が終わりましたら坂本氏と一緒にお目にかかりたいと思っております」とある。

参議院選挙があったのが二〇〇七年七月二九日、石原さんの言葉どおり坂本忠雄さんと一緒の石原さんにお会いしたのが、同じ年の一〇月四日。それが、あの『菊川』という料理屋でのことである。


一五年半ぶりに対面したことになる。

一五年半の間、私のすぐ近くで、ひっそりと眠っていたのだ。

私はいったい何をしていたのだろう。いや、そんなことよりも、石原さんに何をしてしまったのだろう。

「あなたにしか書くことのできない私がここにいる。あなたはそれを知っている。わかっている」

石原さんは、

「見城があなたにそれをやれと勧めたのを、私はみんな、遠くから黙ったまま、見て、聞いていたよ。オークラの『ヌーヴェル・エポック』での夕食の場だったね。見城が注がれたワインを『うまいな』なんて言ってたな。あいつらしい。私は、作家で参議院議員、そして衆議院議員を二五年間やって辞め、一三年間都知事だった。しかし、私という男は、決してそれだけの男ではない。だから、私は私にわかる私の「生涯」のことを書いた。それが『「私」という男の生涯』です。さあ、次はあなたの番だよ！　見城が言ったとおり、あなたが私、石原慎太郎について知っていることを書くんだよ」

石原さんは、私にそう告げるために、幽霊になって姿を現したのだ。

《私の子孫、それも間近な子供や孫に何か不祥な出来事が起こった時には、私は幽霊になって守ってみせるとも思っているが。》(二三二頁)

と書いた人だ。たぶん、自分でも思いもかけずに幽霊になってしまって、私のところへ現れたということなのだろう。

「あなたが私について書いてくれなければ、私は死んでも死にきれないのだ」という思い、想念、妄執ゆえのことなのだろう。

石原さんが弟の石原裕次郎について書いている。

《多分間もないだろう己の死の後、彼にどこかで出会うのだろうかと思いながら多分それは決してあるまいと思う。》（二三〇頁）

二〇二二年の年末近く、私はコロナに罹ってしまった。さあ、時間はたっぷりとったぞ、という石原さんの思いやりなのかと温かい気持ちに包まれながら、こうして書いている。

最終章
昨日生まれたよう

この本は見城さん、幻冬舎の社長である見城徹さんに使嗾《しそう》されて書いたところが大いにある。

思えば、あれもまた不思議なきっかけだった。

見城さんが久しぶりに、本当に長い間をおいて、突然電話をしてきて、石原さんのお別れの会について、それが日延べになってしまったことについて私を相手に謝り、さらに独り言を言い始めたのだ。私は自分の事務所のあるビルの地下二階にある駐車場の車の中にいたのだが、あれは朝のことだったか夜になってからだったか。

最後に見城さんは、とにかくお別れの会の日程が改めて決まったら必ず連絡するから、とおっしゃった。

それで、私は最初の小説である『株主総会』の出版のとき以来、いろいろなことで、それこそ「足を向けて寝ることができません」と実際に表現するほどお世話になっている自覚があったので、遠慮気味にお食事にお誘いした。見城さんは、機嫌良く、快諾してくださったのだ。

私の好きな、ホテルオークラ東京のフレンチ『ヌーヴェル・エポック』の入り口を抜けて左奥にある特別の個室に二人で座った。ちょっとした競馬場を思わせるほどの楕円形の芝生の庭に噴水がありその向こうにはプールが付設された、なんとも宏壮なアメリカ大使公邸が、霊南坂で大使館と接している部分がよく見える場所だ。大使館側に巨大な銀杏《いちょう》の樹がしげっている。ツタも複雑に絡まっている。都心とも思えない、緑の溢れるスペースだ。それが、オークラの厚いガラスの向こうに大きく広がっている、飛びっきりの場所なのだ。

見城さんは、なんといっても私を作家としてデビューさせてくださった恩人だ。

一九九七年のこと。

石原さんに紹介されたのはその翌年。本文にあるとおりだ。石原さんは六六歳、私は四九歳だった。

今の若い人々は、石原慎太郎という作家が書いた『青年の樹』（角川書店）という小説を知っているだろうか。映画、テレビドラマにもなった物語だ。

石原さんが一九五九年に小説として書き、二度映画化され、テレビドラマにもなった。

私は最初のテレビドラマが放映されていた当時、それを観ている。一九六一年から翌年にかけてのことだった。一二歳から一三歳にかけての私。東大を目指して、東大にたくさんの数の生徒が合格する国立大学の附属学校への入学を目指していたころから、それを果たして広島大学教育学部附属中学校に通っていたころのこと。事実上六年制の学校だから、高校入試の圧迫感はなかった。

テレビドラマでは、三浦洸一の力強く突き抜けるような声での主題歌が印象的だった。

作詞は石原さん自身だ。

「雲が流れる　丘の上　花の乱れる　草むらに　ともに植える　ひと本の　〈　若き希望と　夢の苗」と、今でも私は諳んじている。メロディが浮かぶ。作曲は山本直純だ。

その歌の三番に「国を興せ　青年の樹よ」とあるのは、今回聴き直して初めて知った。

石原さん、二九歳。

未だ日本が高度成長を始めた直後のこと。昭和三六年。

そのときに、石原さんの心には「国」があったのだ。

思えば、『太陽の季節』は、一九五五年、昭和三〇年、石原さん二二歳のときの作品だ。高度成長は未だ始まっていない。

その石原さんの大作、『火の島』を執筆されるにあたってお手伝いすることになったのも、やはり見城さんからのお話だった。「石原さんが小説を書くのに、法的な面からアドバイスしてくれ」と頼まれたのだった。

そのために石原さんに何回もお会いした。一回目が二〇〇二年五月一〇日。石原さん六九歳、私が五二歳。出版されたのが二〇〇八年一一月一五日。石原さん七六歳、私は五九歳。

七年という年月が経っていた。

今回、見城さんに使嗾されて石原さんについての私的思い出を綴った。いろいろ手元のノートなどの資料を調べてみて初めて、私は、自分が石原さんのあの小説のためにこれほどの数、石原さんと会い、話していたのだと思い出すことができた。電話でいったい何回話したことか。

その過程は、同時に、石原さんという「師」が私という弟子に、小説の書き方を教える時間でもあった。お会いするときも電話でお話しするときも、いつも二人切りだった。誰も、一度も、立ち会っていない。石原さんと二人切りの濃厚な、凝縮された時間の記憶。

だから、私は石原さんについて、余人の知らない私的な思い出をたくさん抱えている。

今回、改めて『火の島』を読み返してみた。

ああ、ここに、おやここにも、と石原さんと話したことが生かされていると私にだけわかる部分が、無数に出てくる。念書、という言葉も懐かしい。あれは、私がこんなことも面白いかもしれませんよと、土地の交換を巡っての裏金の約束の念書のアイデアを示唆したのだった。石原さんは、とてもその話を気に入ってくれたのだろう。『火の島』ではそのアイデアが見事に血肉と化して活きている。念書のコピーの話もした。コピーを公正証書にして、というのは石原さんの考えだった。いや、私が言ったのかもしれない。当時、私は知り合いの公証人に確認することまでしているのだから。

《恋愛と企業闘争を絡めながら宿命が結実していくサスペンスは見事なものです。》と福田和也さんが「週刊新潮」（二〇〇八年一一月二七日号、一二三頁）で評するとおり。まことに、まことに見事な大作だ。改めて感銘を受けた。

福田さんは、その週刊誌連載のタイトルである『闘う時評』のその回の題として「大柄な石原慎太郎『火の島』」と記載している。へえ、やっぱり石原さんて凄い作家なんだとわかる人にはわかるんだよなと、身近で執筆に並走していた人間としては、強く迫ってくるものがあった。石原さんは、小説は情念なんだよ、酔興なんだ、となんどもなんども私に教えてくれたものだった。

この酔興という漢字遣いは、『火の島』を読み直して、初めて知ったことだった。ひょっとして長い間、石原さんは酔興という漢字二字を当たり前のように頭に持っていて、私に対して酔興が大事だと繰り返し諭してくれていたのかもしれないと、初めて思い当たった。小学館の『精選版日本国語大辞典』によれば、酔興も酔狂もどちらの漢字もあって、酔興のほうが、酒狂いではなく、好奇心をより強く表すもののようだ。まったく、滑稽な私の勘違いだったのかもしれない。

都知事で叶わない「なにかサブスタンシャルなもの」という言葉が石原さんの口から出たのは、この小説の中身のことだったのかもしれない、と反芻する。いや、もっと何かそれ以上のものを欲していたに違いない、そういう言い方だったたと思いもする。

福田和也氏は、「結末の美しさは比類ありません」「大人だからこそ、深い感慨を味わえる作品です」「恋愛のみではない、自然の脅威と企業社会をも包括した全体小説として読んでいただきたい」と筆に力がこもる。そのとおり。石原さんの『火の島』はそれに値する。

それにしても、大人だからこそ、深い感慨を味わえる、とは福田和也さんも素晴らしい表現をするものだ。

私は、『火の島』四七三頁、終わり近くに出てくる《五洋という組織への背信》という言葉に注目した。この世は男と女だよとなんども私を諭してくれた石原さんが「組織と個人」について書いてるじゃないか、と思ったのだ。それにしても、と思う。石原さんが「組織」と呼ぶのはヤクザの組なのだ。それは、巨大企業ではない。現代の、法律と規則に囲まれ、上下の関係に縛り付けられた万単位で数えるべきたくさんの個人の、それぞれの野心と情熱、嫉妬と屈辱のすべてを飲みこんで、平然と生き続ける太平洋のような組織、ゴーイングコンサーンではない。

「組織」という言葉に、私ならば、内外の膨大な数の株主と従業員のいる、取引先の網の目の中心に存在している、銀行からの借入れを積み上げた、国から自治体までを含むさまざまな経済的そして政治的な力学のなかを巧みに泳ぎ抜く、上場されている会社を思う。

石原さんの未来について、私はゲーテを重ねる。

石原さんは、シーザーになることは叶わなかった。大統領制ではない、議院内閣制の日本で政治のトップになることは、石原さんにはそもそも不可能だったのだろうと、今にして思う。石原さんも、衆議院議員の途中からはよくわかっていたのではないか。そういえば、私もド・ゴールになってくださいよとは言ったが、総理大臣にとは言わなかった。

石原さんは、『「私」という男の生涯』に、《日本という社会の狭量さは著名な政治家が優れた小説を書くことを許容しない節がある。》（二一四頁）と書いている。そのとおり。

しかし、ゲーテがワイマール公国の宰相であったことなど、今では誰も気に留めない。マキャベリが外交官であったことも『君主論』と直接関係しない。そして、石原さんの話にもたびたび登場するマリ＝アンリ・ベールが誰だか知っている人は先ずいない。スタンダールである。外交官であったことは知る人ぞ知る程度のことだろう。

石原さんも、一〇〇年後には、あの『太陽の季節』や『火の島』を書いた石原慎太郎という作家は都知事もやっていたらしい、という程度のことになる。一〇〇年の間に何人の都知事が出ることか。任にあるときならともかく、任を退いた後の都知事だった人間について、誰が興味を持つものか。石原文学を研究する文学史家にとっては課題の一つかもしれないが、一〇〇年後の一般の読者にとっては、挿話ですらないだろう。疑うものは、鷗外を思い浮かべるがいい。

鷗外は、生前、陸軍中将にして軍医総監であった。もし鷗外が文章を書いていなければ、何人もの有能または凡庸な軍医総監の一人として、誰も興味を持たない。組織の中の一部品だからである。

ここで、そうだったのか、と改めて思う。石原さんが私になんどもなんども「この世は男と女なんだよ。みんな男と女の物語、恋愛を読みたいんだよ」と言っていたこと。石原さんは、文学とは何かを、自らの口を通じて教えてくれようとしていたのだ。

あるいは、あの石原さんの言葉は、「僕はあなたの書いた恋愛小説を読みたいんだよ」ということだったのかもしれない。「心中になってしまうっていうのも面白いな」と私に向かって言った石原さんは、私の書く、ビジネスの世界の切れ者が秘書の女性との官能的な時間の重なりの果てに、思いもつかない方法で心中してしまう小説を読みたかったのだろう。

どうして私のなかにそんなものを見たのか。私のなかに、そうした衝動が隠されているのを見抜いているぞ、ということだったのだろうか。

不肖の弟子はそれとして、少なくともあの偉大な小説『火の島』の念書のアイデア、交換や脱税の仕組みを発案、アドバイスした弁護士としてなら、きっと私も文学史家にとって逸することのできない一存在になっているわけだ。

それだけではない。一〇〇年後、石原慎太郎がそうした偉大な作家となると予言し宣言した男だという栄誉も手にすることができるかもしれない。

石原さんとの私的思い出を綴り連載しているのを読んだ方から、「石原さんともっと会っておけばよかったですね」と言われることがある。

そのとおり。

石原さんと私の交流は、いつも一方通行だった。

私は、「約束」を果たしていないから、自分からは連絡できなかったのだ。

石原さんは、私ともっと話したかったのではないか。桜井弁護士のように（『火の島』四一三頁）。

ひょっとしたら、経歴だけから私を三島由紀夫に重ねていたのか、と疑うこともないではない。私は東大の法学部を出た作家という点では、三島由紀夫と同じといえないこともない。少なくとも、大蔵省に入って未熟な官僚のまま辞めてしまった三島由紀夫と違って、検事として法律家人生を始め、ビジネスの弁護士になって年月が経っていることだけは確かだ。

その三島由紀夫について、石原さんはもう三島由紀夫にかないませんね、と言ってしまった私。それは、きっと石原さんにとって初めて聞くセリフだったのではないか。しかも、彼の心臓を的確に刺し貫いている。

それにしても、石原さんとこれほどの回数、時間、お話をしていたとは。石原さんにとっては、自分の小説を書くこと、後輩作家の面倒を見てやること、そして法律専門家としてプロフェッショナルな人物と話すことが、きっと秘かな愉しみだったのだ、と思ったりもする。

誰にも夢見られ、憧れられる人生を送ってきた自負はあっても、ゆえしれぬ不足感、不満感があった。焦燥感があった。それを、一七年後の同じ日に生まれて生きている男に、何かとして託したかったのではないか。

政治の話はほとんどしたことがない。

私が、石原さんに石原さんが日本のド・ゴールになってくださいよと言ったことは、以前に書いたとおりだ。

だから、作家石原慎太郎が、いや、「石原慎太郎」が自らの人生で成し遂げられなかったこと、完全な充足、の幻影を、プロフェッショナルな仕事をしている私に垣間見た、とでもいうことだろうか。

石原さんでも、自分にないものは美しい芝生に見えたのだろうか。

それが切れたのは？

石原さんが芥川賞の選考委員を辞めたときだった。

だから、わざわざ挨拶に見えたのだ。二〇一二年、石原さんは七九歳だった。

芥川賞が、石原さんの唯一の私に対する梃子《てこ》の支点だったのではないか。石原さんなりに、私に期待するところがあった。しかし、私は書かない。いったいなぜなのか、何が起きているのか。不思議だったのかもしれない。

モームの『社交意識』という短編を例に出して、面白いよ、と教えてくれたことがあった。

長い間の、不倫の情人だった男の死と、それを知らされた直後の女性の普段と変わらない外への対応ぶり。

『社交意識』は一九二四年から六年間にわたって米誌「コスモポリタン」に連載された三〇編の掌編小説の一つである。そのなかで私は『弁護士メイヒュー』を好む。二〇歳の一二月一六日に読んでいる。（龍口直太郎訳、新潮文庫『コスモポリタンⅠ　モーム短篇集Ⅺ』所収）自分が弁護士になるなどとは夢にも思っていなかったころだ。

デトロイトでの上り調子の弁護士業を棄て、カプリに移り住んだ三五歳の弁護士の話である。いとも簡単に決意して移住したところをみると独身だったのだろう。「ナポリ湾を見晴らす丘のうえにあって」明媚な風光の地だという友人の土産話に、矢も楯もたまらず決心したのだ。「別に金持ちになりたいとは思わなかった」し「この人生には、くだらぬやからの、つまらぬいざこざを調停して一生を終わるよりも、もっとなにかほかにしたいことがありそうに思えた。」

「私は、いまだかつてメイヒューのようなおもしろい人物に出くわしたことがない」といいながらその説明が一切ないことといい、カプリといい、この作品にはモーム自身の性向が投影されているのだろう。

そのカプリで彼はローマの第二代皇帝ティベリウスの遺跡に出会い、二世紀のローマ帝国史を書くことを決意する。構想はさらに広がって行くと、遂にはギボンやモムゼンにも劣らない名声が約束されている気がしてくる。弁護士だったから仕事は早かった。膨大な本を集め正午から朝五時まで書斎にこもる。デトロイト時代よりももっと仕事に精を出した。「官能をゆさぶるこの島で、かれはひたすら精神的生活を送った。」十四年間。膨大なメモをつくって、いざ書き始めたとたんに死んだ。酷使していた肉体が彼に復讐したのである。

モームは言う。「にもかかわらず、私の眼から見ると、かれの生涯は成功だった。かれの生き方は、文句なしに完璧な姿なのだ。つまり、かれは自分のしたいことをして、決勝点を眼のまえに望みながら死んだ。そして目標が達成されたときの幻滅の悲哀など味わわずにすんだからだ」

石原さんは「目標が達成されたときの幻滅の悲哀を味わわずにすんだ」のだろうか。『「私」という男の生涯』には、我が人生に満足した自画像が描かれている。本当にそうだったのだろうか。

私は、石原さんは幻滅の悲哀を味わったのだろうと思っている。あれほどの頂点を極めた男には、長生きすれば下降しかない。現に彼は政治の世界ではそうなった。八〇歳を過ぎて、都知事の椅子を投げ捨てて「なにかサブスタンシャルなもの」を求めて復帰した政治の世界で、「あなたが党から出て行ったらどうですか」と遥かに若い政治家に言われてしまったのだ。

石原さん自身は、『国家なる幻影―わが政治への反回想』（文藝春秋、一九九九年）のなかで、賀屋興宣について述べるくだりで『公人』に触れ、モームの「『社交意識』という傑作にも似た、私の作品中の白眉の一つと自負している。」と述べている（一三二頁）。

そういえば、そのすぐ後にはジッドの『地の糧』の一節が引用されている。

「私の心の中で待ち望んでいたすべてをことごとく表現したうえで満足して、あるいは絶望しきって死にたいものだ」

ここで「表現して」とあって、「実現して」ではないことがジッドであり、石原さんらしい。

私は、私なりの特別の理由があって石原さんがこの「国家なる幻影」を「諸君！」誌に連載しているときには毎号の出版を待ち焦がれるようにして読んでいた。私は四七歳だった。石原さんに出逢う二年前のことだ。

石原さんは、私について見城さんに、「彼は凄い。見城、どうしてわからないのか」と言ったという。

私は凄いだろうか？

石原さんが言ってくれたのだからそうかもしれないと思う。少なくとも、私は未だ生きている。だから、これから何に化けるかは自分にも、誰にもわかりはしない。

それにしても、石原さんは、どうして『「私」という男の生涯』を書いたのだろう？

死後の発表の理由は？

石原慎太郎一代記を予め固めておく？　誰が何を抜かすかわからないから？

鷗外の『舞姫』、加藤周一の『羊の歌』の類。自らの手での正史の確定。つまり隠したい何かがあったということなのか。

著名な人物は本当に死後が危ないものだ。

江藤淳に愛人がいたこと、こともあろうに、妻よりも一〇歳も若いその愛人が、妻が癌で死ぬのと一週間ほどの入れ違いで死んでしまった。そんなことを、死後に書かれてしまう。

加藤周一の「京都の女」が、実は月並に結婚した妻を指していたとは。その妻を置いての渡仏と、途中イタリアで逢ったオーストリア人女性との結婚の約束、何食わぬ顔をしての帰国と以前の夫婦生活への復帰、そしてそのオーストリア人女性の、約束履行を求めての突然の来日という真実。熱心なファンが恥部を探して、晒してくれる。

石原さんの場合は、自らに関わってくれ、石原さんの人生を豊かにしてくれた女性たちへのお礼？　思いもかけなかっただろう置き土産？

なによりも、自分は何者だったかの確認。

二〇〇八年の一二月二三日付け毎日新聞で、石原さんは須山勉記者によるインタビューを受け、

《いい友達がいてね、牛島信ってね、彼も小説を書くんだけど、経済問題の優秀な弁護士なの。彼に『こういう設定ってできる？』とか知恵を借りてね。おかげで（小説に書いた）内紛の駆け引きっていうのはリアリティーがあって、法律的にも間違ってませんから。》

そう石原さんが答えている。

質問は、《建設会社内の様子とか、ああいう描写は何かに触発されてお書きになったんですか。》というものだった。

須山記者は、《終わり方に救いがない印象も受けましたが（笑）。》とも質問している。

石原さんは、胸を張って、「人間が生きていくと、いろんなことに執着するけどさ、全部何もかも捨てる勇気があったら何でもできるんだよね。》と答え、さらに《その勇気の源泉は何かっていったら、やっぱり官能の問題しかないいんだな。》と結ぶ。

同じ年、一一月一日付け「本の話」。
《法律に関わる部分は、親しい友人の牛島信弁護士にアドバイスをしてもらいました。最近、経済犯罪がものすごい勢いで増えていることも、企業の内部を小説にした理由の一つです。》（四頁）
編集子の質問は、《物語では二人の恋と並行して、大企業の裏面や、ヤクザによる企業の乗っ取りの内情も緻密に描かれています。》とある。
私が石原さんの『火の島』のための法的な相談相手だったことは、書かないはずだったのに、石原さんにかかっては、そんなことはなんの意味もないのだろう。

《今のところ書きたい長篇小説の構想が七本もあるのに、人生の時間のストックが余りない。》（同頁）

七六歳の石原さんが言っている。「余りない」が効いている。ある程度はあると思っているのだ。

私自身がもう七三歳になっている。自分に先があまりないなと感じ始めている。「まだ」まだと思いながら、そう思うのは、「もう」だからだと思い返す。それにしても「人生の時間のストック」か。それを測り始めたら、時間の進行は加速度的に速くなる。

石原さんは、「本の話」の中ではこんなことも語っている。

《現代の人間は喪失することを恐れていますが、それは本当の情熱ではない。いかなる喪失も顧みない、すべてのものを溶かしてしまうのが本当の官能であり、情熱のはずです。》

《現代の『トリスタンとイゾルデ』を書きたいと思いました。》（ともに二頁）

あ、そういえば、と私は思い出す。一九六三年、昭和三八年の日生劇場のこけら落としが「トリスタンとイゾルデ」だった。石原慎太郎、三一歳の青年。

最終章
昨日生まれたよう

三宅島をテーマに選んだのは、《まだ政治家になる前、自分のヨットで初めて三宅島を訪れた際、綺麗な島だな、と一目で気に入ったんですよ。》（三頁）『男の海』にいつのことか出ている。一九六六年、昭和四一年、石原さん三三歳の夏である。

《純粋な恋愛というよりも、ただれにただれた情欲の結晶とでもいうべきかな。》（「本の話」二頁）

私は、今、その「ただれにただれた情欲の結晶」とでもいうべきことの詳細が『「私」という男の生涯』の中にあると知っている。それにしても、「ただれにただれた情欲」が「結晶」するとは、確かに「習練された言葉の持つ余韻の大きさ恐ろしさ」と石原さんが私宛の私信の中で言っているとおりではないか。ただれただけではなく、それは結晶化するのだ。ここにはスタンダールがいる。

そういえば、石原さんは、《情念の結晶としての情欲》という表現を使っている。そのために《何もかも捨てられる率直さ》とも語っている（「本の話」四頁）。

編集子の《筆が動く。》という問いに、

《小説そのもののもつエネルギーです。

読んでいてゾクゾクするような官能的な小説こそ、本当の小説だと思っています。近頃はそういう作品がほとんどなくなってしまった。僕と同世代できちんと小説を書いている作家はもういないでしょう。》（三頁）

老いぼれて枯れ木になって干からびてしまった城山三郎が念頭にある。そう石原さんが私に城山三郎のことを表現したのだ。哀れだとも。つまり、自分は違う、と。

私は、老いた石原さんが官能について述べているのを読むたびに、谷崎潤一郎を思わずにはいられない。『火の島』が石原さん七六歳、谷崎の『瘋癲老人日記』（中央公論社、一九六二年）が同じ七六歳である。二人の性的指向はまったく正反対と言っていいだろう。ファリシズムとマゾヒズム。しかし、七六歳にして官能を人生の中央に置いていたという点では酷似している。それを作品にできる力が心のうちに溢れている老人二人。ままならぬ自らの肉体について「いまいましい」という形容を使っていることも共通している。

石原さんには谷崎の不能とそれゆえの変態的性たるＭへの傾斜は微塵もない。それどころか、石原さんは《幸い私は今のところ性的に不能でもないが。》と、死の直前に書いたと思われる『死への道程』（『絶筆』所収同作、一三〇頁）の中で言わずにいられない。しかし石原さんも谷崎も、どちらも七六歳の小説家として、官能、性、に執着したという限りでは、同じ命の力の迸《ほとばし》りである。

伊藤整が登場する。

《生命の滴《したた》り》と伊藤整は述懐している（『変容』二九九頁）。石原さんが「面白いよね、笑っちゃう」と私にわざわざ電話してその思いを伝えてくれた小説だ。伊藤整六三歳。若い。石原さんに比べても、今の私に比べても、若い。六三歳は、若い。

伊藤整は『変容』で言う。《老齢の好色と言われているものこそ、残った命への抑圧の排除の願いであり、また命への讃歌である。無関係な人には醜悪に見えるはずの、その老齢の好色が、神聖な生命の輝きをもって私の前方にまたたき、私を呼んだのだ。》（三六九頁）

石原さんと谷崎の二人は、なによりとても身勝手であったという点でも共通している。とても似ている。

その石原さんの我がままが通らなかった相手が私だったのだろう。

どうしてか。

たぶん、私の我がままと身勝手が原因なのだろう。

《小説家が政治に関わることは、方法論として似ています。つまり互いに「口舌の徒」なのです。どちらも言葉を操る職業であることに変わりはない。対極にあるようで、実は背中合わせなんですよ。》（「本の話」四頁）

おやおやひょっとしたら、石原さんは、先ず芥川賞を手始めに、作家でもある政治家の後継者として、私を育成しようとしたのかもしれないという考えが一瞬よぎる。掌編小説の一つも書けない政治家なんて、と言っていたのはどこでの発言だったか。

「映画化されたら、僕はあの弁護士の役をやりたいね」

そういえば、書かずもがなだろうが一応ここに書き留めておかないと、一〇〇年の間には『火の島』にいわれのない非難が加えられるかもしれない。それでは法的アドバイザーとして石原さんに合わせる顔がないので、注記しておきたい。あるいは、石原さんの『火の島』執筆の法的アドバイザーたる立場から、未来の文学史家の手間を省くくらいの意味はあるかもしれない。

それは、「西脇は非上場株式会社ではないか。それなら譲渡制限が付いているはずだ。

その譲渡制限株をかくも易々と譲渡できてしまうなんてあり得ない」という一知半解の非難である。

確かに、西脇孝之は持ち株をある女性に譲り、それが浅沼英造の手に渡る。『火の島』の大前提である。たとえば私の『少数株主』（幻冬舎文庫、二〇一八年）の読者の中にも、こうした株の移転について不思議に思われる方がいるかもしれない。

絵解きをすれば簡単なことである。

そうした非上場の閉鎖会社の株も、株主が個人ではない場合には、たとえば株式会社であれば、その少数株主たる株式会社の株の譲渡という方法で、難なく譲渡できてしまうのだ。

譲渡制限株を保有した株主である別の会社、たとえば西脇孝之が株の過半数を持った会社の株の譲渡という形で簡単に行われてしまう。現に、私はそうした立場の方にも弁護士として接することがある。

もちろん石原さんにもその説明はした。「あ、そう」と、法律面のことはすべてあなたに頼んでいるから心配していない、別に詳細を知る必要もないよ、という様子だった。

増資の必要、相続税対策のためなど、個人名義でない株であっても少しもおかしくない、と説明する私に、石原さんは、「牛島さんがいいんなら、それでいい。なんにしても西脇ってのは竹中みたいな巨大グループ会社だからね。個人が株主じゃなくって、それぞれの兄弟の資産管理会社が株主ってこともありそうな話だしね」ということだった。

もっとも、「緊急株主総会」などという言葉が出てくるのは私のせいではない。私がゲラのすべてを事前に見ていれば、決してそんなおかしな名を臨時株主総会に付けたりはしない。石原さんにしてみれば、どうしようもないところを、遠慮しつつ、万やむを得ず訊いていたということなのだろう。

そういえば、そうだった。

二〇〇六年一一月一五日、『火の島』についての最後の電話のとき。石原さんは、電話を切りながら、「またわからないことがあったら、お電話していいですか？」と、とても、とても遠慮しながら私に尋ねられた。今思うと、なんだか少し自信なげな、不安さの混じった消え入るような声だった。

私は、

「もちろんです。いつでもお電話してください。でも、もしそのときお電話をとれませんでしたら、すみませんが、いつ、これこれの番号に電話しろとご指示ください」

と答えた。

結局、その後、『火の島』についての電話はなかった。石原さんなりに腹落ちしてくださったということなのだろう。

石原さんは、私を芥川賞作家として小説家として育て上げる夢を見ていたのではないか。自分が伊藤整に売り出してもらったように。

モーパッサン（一八五〇－一八九三）がフローベル（一八二一－一八八〇）に売り出してもらったように。

芥川龍之介が夏目漱石に激賞されたことが世の中に出る大きなきっかけとなったように。

谷崎潤一郎を文壇に押し出したのが永井荷風だったように。

しかし、東大法学部への入学に執着し、それを遂げた後は弁護士として働きその働きが報酬に直結する日々を送っていた男、弁護士としての義務に自ら望んで絡めとられていた男には、結局のところ芥川賞で文学界デビューをすることが魅力的には見えたとしても、叶えられることのない望みだったということなのだろう。

それは今も変わらない。私は、一弁護士であるだけではない。一〇〇人を超える組織のリーダーでもある。職業としてたくさんの会社や個人の運命に責任を負っている。それでも書かずにおられないことがあり、そうした思いがあればこそ、絶えることなく文章を綴ってきた。

それとも。

私というものが、石原さんにとって、新しいと自称する愚かな文章書きどもに鉄拳制裁を加えるための鉄亜鈴《てつあれい》のような乱暴な道具とするに都合が良かったということなのだろうか。私という弁護士兼作家の男をその目的のために使えるかもしれないと思ったというところか。流行の人々を「習練された言葉の持つ余韻の大きさ恐ろしさ」で押し潰すために。

石原さんのこの言葉は、芥川龍之介が『侏儒の言葉』の中で明の時代に生きた王世貞の言として紹介している「文章の力は千古無窮」を思い出させずにはいない。『侏儒の言葉』の中で芥川は、王世貞の言葉、画三百年、書五百年、文章の力は千古無窮を批判している。しかし、少なくとも相対的にはやはり文章の力は千古無窮である。我々は今もホメロスを読み、『史記』を論ずる。ヴェーダは三五〇〇年前に遡る。言葉の力である。習練された言葉の力である。

私は、二〇〇三年、平成一五年の年賀状に「今年は大きな目標を抱えています。『一年待つ』といわれています」と書いている。

石原さんが、私に芥川賞を取れるよ、一年時間をやるから、頑張ってくれと言ったのだ。それで私は翌年の年賀状に、自分を鼓舞するために、石原さんの期待と私の意欲を形として刻みつけるために、敢えてこのように書いたのだ。もちろん受け取った方々には、いったい何のことかわけがわかろうはずもない。

目標を抱えているのは私で、「一年待つ」と言ったのは石原さんだった。

私は、自分で自分を縛りたかったのだと思う。

同じ年賀状に「秋、パリを歩きました。ピカソ美術館近くのカフェーで中年のマダムに頼んで、一人クロック・ムッシューを食べました」とある。フランスの会社の弁護士として日本の生命保険会社の買収を手伝い、その会社の取締役会が年に一回パリで開かれるたびごとに顧問弁護士として出席していた。それで、秋、パリの街を歩いたのだ。

買収が完了したのは一九九八年だった。一九九八年の一一月。石原さんに初めて会ったのとほとんど同じときだ。

その弁護士としての仕事がどれほどの報酬を私にもたらしたか、もう何も覚えていない。しかし、その報酬は、脈々と続く鉱床の一角から掘り出した金鉱石の微細な塊のようなものに過ぎない。どんなにわずかではあっても掘り続ければ、無限に続く金の鉱床のように見えていたのだろう。それは、法律事務所という組織としては、そのリーダーとしては必然的な認識でもあったし、今でも、そうなのだろう。つまり、私は個人としての自由を制限されていたし、いるのだ。作家としては、バカげた環境だろう。殊に、中規模の個人事業主という与件が困難を倍加させる。私の時間は私だけのものではなくなってしまっている。

しかし、一番の問題は、報酬でも鉱床でもない。

弁護士としての職責だ。私には、仲間とともに引き受けた法律業務への無限の責任があったし、今もある。

それだけに、都知事という公職にありながら『火の島』を書いた石原さんの隔絶したもの凄さは想像を絶する。私がゲーテに比する所以である。

「本の話」の中で、石原さんは《東京都知事でもありますが、小説を書くこととの両立はどのようにされていますか。》と編集子から問われて、
《ちょうど小説に官能があるように、政治に官能があっても然《しか》るべきだとも思う。つまり、ある情熱がね。》（四頁）
《国家の栄光を目指した政治の運営を……政治家としての真の仕事を彼等が敢えて行うこと、国家もまたそれに応えてくれる。その関わりは愛し合う男と女の間柄、熱烈な恋愛をさえ超えたものだろう。……罪を犯してまで自分に貢ぐ男を女がやがて愛でてなびくように、国家という恋人は歴史のなかでその媚態を、彼女を手掛けた政治家には歴然と示してもくれよう》（『国家なる幻影――わが政治への反回想』六六七頁）
この言葉に、私は、石原さんがいつも私に「小説は情念だよ、酔興なんだよ」と教え諭してくれていたことを、改めて思い出す。
石原さんは続けて答えている。
《書斎だけにいると一向に面白くないし、生きる世界が小さくなってしまう。政治家をしていることで頭が動くんですよ。都知事としての仕事が直接、小説の題材になるわけではないが、やはりそのためには頭を常に動かしておく必要があるんです。》（同頁）と。

この問いへの回答の締めくくりである。

私は、ああ、ここに石原さんが私に小説を期待した理由があったのかと納得する。なぜ、わざわざ城山三郎批判を聞かせてくれたのかも納得が行く。「生きる世界が小さくなって」しまっては良い小説は書けない。もう一歩言えば、より深い官能には行きつかない。そういうことなのだろう。

ゲーテに、この石原さんの言をどう感じるか尋ねてみたいところだ。

都知事といえば、私が石原さんと『火の島』についての話を始めた最初のころ、「僕が都知事になったばかりのときに三宅島が噴火したんだよ」と言っていた。噴火は二〇〇〇年である。確かに石原さんが都知事になった直後である。

因縁、または宿命ということになるのだろうか。

なにはともあれ、石原さんは亡くなった。私はボードレールの「さようなら　余りに短かかりし　我らが夏の煌《きら》めき」という詩句を想い出す。太陽は沈んだ。しかし「人生は一行のボオドレエルにも若《し》かない」と芥川龍之介は言っている。

石原さんの作品はその人生を超えて、生き残り、輝き続けるに違いない。

写真
立木義浩
ブックデザイン
鈴木成一デザイン室
本文DTP
美創
JASRAC 出 2302799-301

〈著者プロフィール〉

牛島 信

（うしじま・しん）

作家／弁護士。1949年生まれ。東京大学法学部卒業後、東京地検検事、広島地検検事を経て弁護士に。現在、M&A、コーポレートガバナンス、不動産の証券化、情報管理などで定評のある牛島総合法律事務所代表。日本生命保険社外取締役、朝日工業社社外監査役、NPO法人日本コーポレート・ガバナンス・ネットワーク理事長、一般社団法人東京広島県人会会長。小説『株主総会』『少数株主』（ともに幻冬舎文庫）他著書多数。

我が師 石原慎太郎

2023年5月10日　第1刷発行

著者
牛島 信

発行人
見城 徹

編集人
森下康樹

編集者
杉浦雄大

発行所

GENTOSHA

株式会社 幻冬舎
〒151-0051 東京都渋谷区千駄ヶ谷4-9-7
電話　03(5411)6211(編集)　03(5411)6222(営業)
公式HP: https://www.gentosha.co.jp/

印刷・製本所
中央精版印刷株式会社

Printed in Japan ISBN978-4-344-04108-0 C0095